KB019029

앙테크리스타

아멜리 노통브 지음 | 백선희 옮김

문학세계사

앙테크리스타

아멜리 노통브 장편소설

초판 1쇄 발행일 2004년 11월 1일
초판 9쇄 발행일 2012년 11월 5일
개정판 1쇄 발행일 2022년 9월 20일

옮긴이　　● 백선희
펴낸이　　● 김종해
펴낸곳　　● 문학세계사
출판등록　● 제21-108호(1979.5.16)

주소　　　● 서울시 마포구 신수로 59-1 (04087)
대표 전화 ● 02-702-1800
팩스　　　● 02-702-0084
이메일　　● mail@msp21.com.kr
홈페이지 ● www.msp21.co.kr

값 12,500원
ⓒ 문학세계사, 2022
ISBN 978-89-7075-474-1　03860

Antéchrista

Amélie Nothomb

Antéchrista

by

Amélie Nothomb

Copyright © Éditions Albin Michel S.A. -Paris 2003
Korean Translation Copyright © Munhak Segye-Sa Publishing Co. 2004
This Korean edition is published by arrangement with Éditions Albin Michel
S.A. -Paris through ShinWon Agency, Seoul.

이 책의 한국어판 저작권은 신원 에이전시를 통해
Éditions Albin Michel S.A.와의 독점계약으로 문학세계사에 있습니다.
신저작권법에 의해 한국내에서 보호를 받는 저작물이므로
무단전재 및 복제를 금합니다.

첫날, 그녀가 웃는 걸 보았다. 순간, 나는 그녀가 알고 싶어졌다.

　그녀를 알지 못하리라는 것도 잘 알고 있었다. 그녀에게 다가간다는 건 내 능력 밖의 일이었으니까. 나는 언제나 타인들이 다가오기를 기다렸다. 하지만 내게 다가오는 사람은 아무도 없었다.

　대학생활이 그랬다. 세상을 향해 나를 열어야지 했으나 아무도 만나지 못했다.

　일주일 후, 그녀의 시선이 내게 꽂혔다.

　금세 눈길을 돌리겠지 했다. 그런데 아니었다. 그녀의 눈길은 오래도록 나를 훑었다. 나는 감히 그 눈을 바라보지 못했다. 발 밑으로 땅이 꺼지는 것 같았고, 숨쉬기가 힘들었다.

도무지 멈출 것 같지 않은 고통이었다. 견디기 힘들었다. 평생 내본 적 없는 용기를 내어 그녀의 눈을 쳐다보았다. 그녀가 내게 살짝 손짓하며 웃었다.

그러더니 어느새 남자애들과 얘기를 나누고 있다.

이튿날, 그녀가 내게로 다가와서 인사를 했다.

인사에 답하고 얼른 입을 다물었다. 거북해 하는 내가 끔찍이도 싫다.

"넌 다른 애들보다 어려 보여."

그녀가 말했다.

"실제로 그래. 한 달 전에 열여섯이 되었어."

"나도. 세 달 전에 열여섯 살이 되었는데. 솔직히 말해 봐, 믿어지지 않지?" (만16세는 우리 나이로 17~18세 : 옮긴이)

"응."

자신만만한 태도 때문인지 그녀는 두세 살쯤 더 들어 보였다. 그 때문에 우리 둘 다 무리에서 튀어 보였다.

"이름이 뭐야?"

그녀가 물었다.

"블랑슈. 너는?"

"크리스타."

독특한 이름이었다. 감탄해서 또다시 입을 다물고 말았다. 내가 놀라는 걸 보고 그녀가 말했다.

"독일에서는 드문 이름이 아니야."

"너, 독일사람이니?"

"아니. 동부 출신이거든."

"독일어 해?"

"물론이지."

감탄 어린 눈길로 그녀를 쳐다보았다.

"잘 가. 블랑슈."

나는 미처 인사도 하지 못했다. 그녀는 이미 대강당 계단을 내려가고 있었다. 한 무리의 남학생들이 큰소리로 그녀를 부르고 있었다. 그녀는 활짝 웃으며 무리를 향해 걸어갔다.

'벌써 잘도 어울리네.'

어울린다는 말은 내게는 엄청난 의미를 가진 말이다. 나는 어디에도 어울리지 못했으니까. 무리에 잘 어울리는 사람들을 보면 경멸과 질투심 섞인 감정이 들곤 했다.

나는 언제나 혼자였다. 내가 원해서 혼자라면 싫지는 않았을 것이다. 그런데 전혀 그렇지 못했다. 나는 사람들과 어울리고 싶었다. 설사 금세 다시 외톨이가 되는 호사를 누리게 될지언정 말이다.

나는 특히 크리스타의 친구가 되고 싶었다. 하지만 친구를 갖는다는 건 나로서는 도무지 생각도 할 수 없는 일이었다. 하물며 크리스타의 친구가 된다는 건, 아냐, 꿈도 꾸지 말아야 해.

내가 어째서 크리스타와의 우정을 바라는지 잠시 생각해 보았다. 명확한 대답을 찾을 수가 없었다. 그저 그녀에게는 무언가가 있어 보였다. 그게 무엇인지는 알 수 없었지만.

대학 캠퍼스를 막 떠나려는데 웬 목소리가 내 이름을 불렀다.

이런 적이 없었기에 나는 당황했다. 뒤를 돌아다보니 크리스타가 달려오고 있었다. 놀라운 일이었다.

"어디 가?"

나란히 걸으며 그녀가 물었다.

"집에."

"어디 사는데?"

"걸어서 오 분 거리야."

"좋겠다!"

"왜? 넌 어디 사는데?"

"말했잖아. 동부라고."

"설마 저녁마다 거기까지 간다는 얘기는 아니겠지."

"아니, 맞아."

"그렇게 먼 곳을!"

"멀지. 기차로 오는 데 두 시간, 가는 데 두 시간 걸려. 버스 타는 시간은 치지 않고도 말이야. 달리 방법이 없어."

"견뎌내겠어?"

"두고 봐야지."

그녀를 곤란하게 할까봐 더 이상은 묻지 않았다. 자취 비용을 댈 능력이 없는 게 분명했다.

내가 살고 있는 아파트 아래에서 작별인사를 했다.

"여기가 네 부모님 집이야?"

그녀가 물었다.

"응. 너도 부모님 집에 사니?"

"응."

"우리 나이에는 당연한 일이지."

왜 하필 그런 얘기를 했는지.

그녀가 화들짝 웃었다. 내가 우스운 얘기라도 한 것처럼. 나는 부끄러웠다.

내가 그녀의 친구가 된 건지 알 수가 없었다. 우리가 누군가의 친구라는 건 어떻게 아는 걸까? 분명 어떤 신비스런 기준이 있을 텐데, 한번도 친구를 가져본 적이 없어 알 수 없었다. 이를테면, 그녀는 나를 우습다고 여겼다. 이런 게 우정의 표시일까 아니면 멸시의 표시일까? 그때 나는 마음이 아팠다. 그건 내가 이미 그녀에게 집착하고 있었기 때문이다.

잠시 통찰력을 동원해 왜 그럴까 생각해보았다. 내가 그녀를 조금, 아주 조금 안다는 것이 그녀의 마음에 들고 싶어하는 내 욕망을 정당화해주는 걸까? 아니면 그녀 같은 사람이 처음으로 나를 쳐다봐 주었다는, 초라하기 짝이 없는 이유 때문일까?

화요일은 오전 여덟시에 수업이 시작된다. 크리스타는 눈 밑이 시커멓게 그늘져 있었다.

"피곤해 보여."

내가 말했다.

"네시에 일어났거든."

"네시! 오는 데 두 시간 걸린다며."

"말메디 시에 사는 것도 아냐. 내가 사는 마을은 역에서 30분이나 떨어져 있어. 다섯시 기차를 타려면 네시에는 일어나야 돼. 그리고 브뤼셀에 도착해도 학교가 역 바로 옆에 있는 게 아니잖아."

"네시에 일어나다니 인간도 아니야."

"다른 방법이라도 있어?"

짜증난 목소리로 그녀가 말했다.

그리고는 홱 돌아서 가버렸다.

죽도록 내가 원망스러웠다. 어떡해서든 그녀에게 도움을 주어야만 했다.

그날 저녁, 나는 부모님에게 크리스타 얘기를 했다. 목적을 달성하기 위해 그녀를 내 친구라고 말했다.

"너한테 친구가 있어?"

애써 놀란 표정을 감추며 엄마가 물었다.

"네. 월요일 저녁마다 걔가 여기서 자도 될까요? 동부 도시에 살기 때문에 8시 수업에 참석하려면 화요일에는 새벽 네시에 일어나야 한대요."

"되고말고. 네 방에 접는 침대를 갖다놓지 뭐."

다음날, 전에 없던 용기를 내어 나는 크리스타에게 얘기를 꺼냈다.

"너만 좋다면 월요일 저녁에는 우리 집에서 자도 돼."

그녀는 웃는 얼굴로 놀란 듯 나를 바라보았다. 내 평생 가장 멋진 순간이었다.

"정말?"

그런데 그만 괜한 말을 해서 분위기를 망치고 말았다.

"우리 엄마 아빠도 허락하셨어."

그녀가 픽 웃었다. 또 바보 같은 말을 하고 만 것이다.

"올 거니?"

전세는 어느새 역전되었다. 그녀의 편의를 봐주는 것이 아니라 내가 부탁을 하는 꼴이 되고 말았다.

"그래, 가지 뭐."

마치 나를 기분 좋게 하기 위해서라는 듯이 그녀가 대답했다.

어쨌든 기분은 좋았고, 월요일을 학수고대하게 되었다.

외동딸로 친구를 사귀는 일에 썩 소질이 없었던 나는 누구를 집으로 데려온 적이 한 번도 없었다. 누구를 내 방에서 재우는 일은 더더욱 없었다. 생각만 해도 기쁘다 못해 불안하기까지 했다.

월요일이 되었다. 크리스타는 아무런 내색도 하지 않았다. 하지만 배낭을 메고 있는 걸 보니 기뻤다. 짐을 챙겨온 게 분명했다.

이날, 수업은 오후 네시에 끝났다. 나는 대강당 아래에서 크리스타를 기다렸다. 그녀는 많은 친구들과 작별인사를 하느라 시간을 오래도 끌었다. 친구들과 헤어지고도 느릿느릿 걸어서 내게로 왔다.

다른 아이들의 시야에서 벗어나고서야 그녀가 내게 말을 걸었다. 그것도 마치 내 부탁을 들어주는 것임을 강조하려는 듯 억지 호의를 내비치면서.

빈 아파트 문을 여는데 심장이 어찌나 세차게 뛰는지 통증마저 느껴졌다. 크리스타는 문을 들어서며 집안을 둘러보더니 감탄했다.

"괜찮네!"

괜히 우쭐한 마음이 들었다.

"부모님은 어디 계셔?"

그녀가 물었다.

"직장에."

"무슨 일 하시는데?"

"중학교 선생님이야. 아빠는 라틴어와 그리스어를 가르치고, 엄마는 생물 선생님이야."

"그렇구나."

그런 건 왜 묻느냐고 말하고 싶었지만 차마 용기가 나지 않았다.

아파트는 호사스럽지는 않지만 예쁘장한 편이었다.

"네 방 보여줘!"

나는 들떠서 그녀를 내 은신처로 데려갔다. 내 방은 그저 평범했다. 그녀는 실망한 것 같았다.

"아무 특징이 없군."

그녀가 말했다.

"있으면 편안해. 너도 그렇게 느끼게 될 거야."

시무룩하게 내가 말했다.

그녀는 내 침대 위로 몸을 던졌다. 접는 침대를 내 차지로 남겨두고 말이다. 물론 내 침대를 그녀에게 양보할 생각이긴 했지만 그래도 선수치지는 않았더라면 좋았을 텐데 싶었다. 그리곤 금세 후회했다. 그런 유치한 생각을 하다니.

"계속 여기서 살았어?"

"응. 다른 곳에서 살아본 적이 없어."

"형제는 없어?"

"없어. 너는?"

"남자형제 둘, 여자형제 둘이 있어. 내가 막내야. 네 옷 좀 보여줘 봐."

"뭐라고?"

"옷장 좀 열어봐!"

어리벙벙한 채 나는 그녀가 시키는 대로 했다. 크리스타는 벌떡 일어나더니 옷장 속을 보러 왔다.

훑어보더니 그녀가 말했다.

"쓸만한 게 하나밖에 없네."

그녀는 내게 하나뿐인 드레스를 집어들었다. 몸매가 드러나는 우아한 차이나식 드레스였다. 내가 어안이 벙벙해서 바라보는 가운데 그녀는 티셔츠와 청바지와 신발을 벗어 던졌다.

드레스를 쳐다보며 그녀가 말했다.

"몸에 달라붙겠네. 팬티도 벗어야겠다."

그녀는 내 앞에서 벌레처럼 알몸이 되었다. 그리고는 드레스를 입더니 전신거울에 몸을 비춰보았다. 잘 어울렸다. 그녀는 스스로 감탄했다.

"너한테는 어떨지 모르겠네."

내가 두려워하던 일이 벌어졌다. 그녀가 드레스를 벗더니 내게 던지며 말했다.

"입어봐!"

나는 망연자실해서 꼼짝 못하고 서 있었다.

"입어보라니까!"

내 입에서는 한 마디 말도 나오지 않았다.

크리스타는 재미있다는 표정을 지었다. 이제야 알겠다는 얼굴이었다.

"내가 벗은 게 너한테 문제라도 돼?"

나는 아니라고 고개를 저었다.

"그런데 너는 왜 옷을 안 벗어?"

다시 고개를 저었다.

"벗어, 할 수 있어! 넌 그래야 돼!"

내가 그래야 된다고?

"뭐야, 바보같이! 벗어봐!"

"싫어."

'싫어' 소리가 승리처럼 느껴졌다.

"나는 벗었잖아!"

"내가 꼭 너를 따라해야 되는 건 아니잖아."

"내가 꼭 너를 따라해야 되는 건 아니잖아!"

그녀가 괴상망측한 목소리로 내 말을 따라했다.

내가 저렇게 말했단 말야?

"얼른, 블랑슈! 여자끼린데 어때!"

침묵.

"나는 홀딱 벗었잖아! 아무렇지도 않아!"

"그거야 네 문제지."

"문제가 있는 건 너야! 너 정말 재미없는 애로구나!"

그녀가 웃으면서 내게 달려들었다. 나는 접는 침대 위에서 몸을 동그랗게 말았다. 그녀는 내 신발을 벗기더니, 놀랄 만큼 능숙하게 내 바지 단추를 끄르고 바지를 벗겼다. 그리고는 어느새 팬티까지 벗겼다. 다행히도 티셔츠가 길어서 허벅지까지 가렸다.

나는 비명을 질렀다.

그녀가 멈추더니 놀란 듯 나를 바라보았다.

"왜 그래? 너 미쳤니?"

나는 경련하듯 몸을 떨었다.

"날 건드리지 마!"

"알았어. 그러니 네가 벗어."

"못해."

"네가 안 벗으면 내가 벗길 거야!"

그녀가 위협했다.

"왜 날 괴롭히는 거야?"

"너 웃긴다! 괴롭히다니! 여자끼리잖아!"

"왜 내가 옷을 벗어야 하는데?"

그녀는 해괴한 대답을 했다.

"우리가 대등하려면 그래야 돼."

내가 어찌 그녀와 대등할 수 있단 말인가! 딱하게도 나는 대꾸할 말을 찾지 못했다.

"거봐, 네가 벗어야 하는 게 맞잖아!"

의기양양해서 그녀가 말했다.

할 말을 찾지 못한 나는 더 이상 빠져나갈 구멍이 없음을 깨달았다. 손으로 티셔츠 끝자락을 움켜쥐었다. 안간힘을 써보지만 도무지 그걸 들어올릴 수가 없었다.

"못하겠어."

"시간은 많아."

그렇게 말하며 그녀는 빈정거리는 눈길을 내게서 떼지 않았다.

나는 열여섯 살이다. 내가 가진 것이라곤 아무것도 없었다. 물질적 재산도, 영적 안락도 가지지 못했다. 친구도 사랑도 가지지 못했고, 아무런 경험도 갖지 못했다. 사상도 갖지 못했고, 내게 영혼이 있다는 확신도 갖지 못했다. 오직 몸뚱어리 하나, 그것이 내가 가진 전부였다.

여섯 살에는 옷 벗는 일이 아무것도 아니다. 스물여섯 살에 옷 벗는 일은 이미 낡은 습관이다.

열여섯 살에 옷 벗는 일은 가혹한 폭력 행위다.

'왜 나한테 그런 강요를 하는 거니, 크리스타? 그게 내게 어떤 의미인지 알기나 하는 거야? 그걸 알면 네가 그럴까? 아니면 그걸 알기 때문에 강요하는 거니? 대체 내가 왜 네 말에 복종해야 하는지 모르겠구나.'

고독과 자기혐오, 뭐라 형용할 수 없는 두려움, 결코 채워지지 않는 욕망, 무익한 고뇌, 억눌린 분노, 쓰이지 않은 에너지가 16년 동안이나 이 몸 속에 담겨 있었다.

몸은 세 가지 미적 가능성을 지니고 있다. 힘, 우아한 기품, 충만함이 그것이다. 어떤 경이로운 몸들은 세 가지를 모두 지니기도 한다. 그와 반대로 내 몸은 이 세 가지 경이로움을 눈곱만큼도 갖지 못했다. 결핍이야말로 내 몸의 모국어였다. 내 몸은 힘의 결핍, 우아한 기품의 결핍, 충만함의 결핍을 표현했다. 내 몸은 허기진 울부짖음을 닮았다.

한번도 햇볕에 노출된 적이 없는 이 몸은 적어도 내 이름과는 잘 들어맞았다. 이 빈약한 몸뚱어리는 하얗긴 했으니까(블랑슈는 '하얗다'는 의미 : 옮긴이). 내 몸은 무기였으나, 날이 바로 서지 않은 무기였다. 날이 안쪽으로 향해 있었던 것이다.

"대체 언제 벗을 거야, 내일 벗을 거야?"

크리스타가 버럭 소리를 질렀다. 그녀는 내 침대에 누운 채 내 고통의 부스러기 하나도 놓치지 않고 음미하면서 즐기는 듯했다.

끝장을 내자 싶어 수류탄의 안전핀을 뽑듯 재빠르게 티셔츠를 벗어 던졌다. 베르생제토릭스(로마군에 맞서 용맹스럽게 싸우다 결국 패배하고 카이사르 발 아래 무릎을 꿇고 만 골족의 영웅적 장군 : 옮긴이)가 카이사르의 발 아래로 방패를 집어던지듯이.

내 안의 모든 것이 공포의 비명을 질렀다. 나는 내가 가진 보잘것없는 것, 내 몸의 가련한 비밀을 잃고 말았다. 그건 그야말로 희생이었다. 게다가 아무 의미도 없는 희생임을 확인하자니 끔찍했다.

옷을 벗어던진 나를 보고 그녀는 그저 고개를 끄덕이는 둥 마는 둥 했다. 그녀는 재미없는 구경거리라도 보듯 나를 발끝에서 머리끝까지 훑었다. 단 한 가지가 그녀의 관심을 끌었다.

"가슴이 있네!"

죽고 싶은 기분이었다. 흘려봤자 내 꼴만 우스워질 뿐일 분노의 눈물을 감춘 채 나는 말했다.

"그럼 있지. 대체 뭘 기대했는데?"

"행복하게 생각해. 옷을 입었을 때는 가자미처럼 납작했거든."

이 말에 넋을 잃은 채 나는 티셔츠를 줍기 위해 몸을 숙였다.

"안 돼! 차이나 드레스를 입은 걸 보고 싶어."

그녀가 드레스를 내게 건넸다. 나는 그걸 걸쳤다.

"너보다는 나한테 더 잘 어울려."

그녀가 결론짓듯 말했다.

순간, 드레스를 입은 것이 벌거벗은 것보다 더 부끄럽게 느껴졌다. 나는 서둘러 옷을 벗었다.

크리스타는 벌떡 일어서더니 내 곁에 서서 거울을 들여다보았다.

"봐! 우린 정말 다르지 않니!"

그녀가 탄성을 질렀다.

"됐어."

내가 말했다.

형벌이라도 받는 듯 괴로웠다.

"눈 돌리지 마. 우리를 좀 쳐다봐."

그녀가 명령했다.

가혹한 비교였다.

"넌 가슴을 좀 키워야겠다."

뭘 좀 안다는 투로 그녀가 말했다.

"열여섯 살밖에 안 됐잖아."

내가 항의하듯 말했다.

"그래서? 나도 열여섯인걸! 내 가슴은 그렇지 않잖아, 안 그래?"

"사람마다 성장리듬이 달라."

"군소리 필요 없어! 너한테 마사지를 가르쳐줄게. 우리 언니도 너 같았는데 이 마사지를 6개월 동안 하고 나더니 달라졌어. 정말이야. 자, 날 따라해 봐. 하나, 둘, 하나, 둘……"

"제발 날 내버려둬, 크리스타."

그렇게 말하고 나는 티셔츠를 주우러 갔다.

그녀가 내 티셔츠를 가로채더니 방 반대편으로 달아났다. 나는 그녀를 좇았다. 그녀는 요란하게 웃어댔다. 나는 너무도 치욕스럽고 화가 치밀어 옷장에서 새 티셔츠를 꺼낼 생각조차 하지 못했다. 크리스타는 자신만만한 멋진 몸매로 온 방을 뛰어다니며 나를 조롱했다.

바로 그 순간, 엄마가 직장에서 돌아왔다. 엄마는 내 방에서 들려오는 날카로운 비명소리를 듣고 달려와 노크도 없이 방문을 열었다. 그리고는 벌거벗은 두 여자애가 사방으로 뛰어다니는 걸 보았다. 그러나 두 여자 가운데 하나인 자기 딸이 울음을 터뜨리기 직전이라는 걸 보지는 못했다. 웃고 있는 낯선 여자애만 보았을 뿐이다.

엄마가 들어서자 악마처럼 잔인하던 크리스타의 웃음은 신선함 그 자체로 바뀌었다. 그녀의 몸처럼 건강하고 순수한 웃음으로 말이다. 그녀는 달리던 걸 멈추고 엄마에게로 걸어가 손을 내밀었다.

"안녕하세요. 용서하세요. 따님 몸매가 어떤지 보고 싶어서 그랬어요."

이렇게 말하며 그녀는 장난기 어린 매력적인 미소를 지어 보였다. 엄마는 벌거벗은 채 아무 거리낌 없이 손을 내미는 여자애를 어안이 벙벙해서 바라보았다. 잠시 머뭇거리다가 엄마는 그녀를 아직 어린 데다 재미있는 애라고 생각하는 것 같았다.

"네가 크리스타로구나?"

그렇게 말하고 엄마는 웃기 시작했다.

그리고 두 사람은 웃고 또 웃었다. 이 광경이 뭐가 그리 우스운지.

나는 웃고 있는 엄마를 바라보았다. 내 편을 한 사람 잃었다는 느낌이 들었다.

이것이 재미난 사건이 아니라 끔찍한 사건이라는 걸 나는 알고 있었다. 크리스타는 아이가 아니며, 그것이 엄마를 홀리려고 그녀가 간계를 부린 것이라는 사실도 나는 알고 있었다.

또한, 엄마가 이 일을 나쁘게 생각하지 않고 젊은 여자애의 생기발랄한 멋진 몸을 바라보는 것도 보았다. 그러면서 엄마가 내 딸의 몸은 왜 저렇지 못할까, 라는 생각을 한다는 것도 알았다.

엄마가 갔다. 문이 닫히기 무섭게 크리스타의 웃음이
그쳤다.

"내가 널 도와준 거야. 이제 너는 옷 벗는 데 아무 문제
가 없을 거야."

나는 서로가 좋게, 이 가혹한 순간에 대한 그녀의 설명
을 믿으려고 애써야겠다고 생각했다. 그러나 믿게 되지
않으리라는 걸 난 이미 알고 있었다. 우리가 벌거벗고 거
울 앞에 나란히 섰을 때 크리스타가 기뻐하는 것을 너무
도 생생히 느꼈기 때문이다. 그것은 나를 모욕하는 기쁨
이었고, 나를 지배하는 기쁨, 그리고 무엇보다 옷 벗는 걸
고통스러워하는 나를 지켜보는 기쁨이었다. 그녀는 온몸
의 땀샘으로 나의 비참함을 들이마시며 생체를 해부하는
기쁨을 맛보고 있었다.

"예쁘시던데, 니네 엄마."

주섬주섬 옷을 다시 걸치며 그녀가 말했다.

"그런 편이지."

그 애에게서 기분 좋은 소리를 들은 데 놀라며 내가 말
했다.

"나이가 몇이셔?"

"마흔 다섯."

"훨씬 젊어 보여."

"그렇지?"

흐뭇해하며 내가 말했다.

"이름이 어떻게 되셔?"

"미셸."

"아버지는?"

"프랑수아."

"어떤 분이셔?"

"좀 있다 보게 될 거야. 이따 저녁에 오실 텐데 뭘. 그런데 니네 부모님은 어떤 분이셔?"

"너희 부모랑은 많이 달라."

"무슨 일을 하시는데?"

"너 참 예의도 없다!"

"하지만…… 네가 먼저 나한테 똑같은 걸 물었잖아!"

"아니. 네가 부모님이 교사라는 걸 나한테 말하고 싶었던 거겠지."

나는 그녀의 악의에 기가 차서 입을 다물고 말았다. 더구나 내가 제대로 이해한 거라면 그녀는 내가 내 부모의

직업을 가지고 뻐긴다고 생각하고 있지 않은가. 참으로
어처구니가 없었다!

"옷을 그렇게 입지 마. 몸매가 안 드러나잖아."

그녀는 또다시 날 걸고넘어졌다.

"넌 처음에 날 보고 가슴이 있네, 하고 놀라더니, 조금
뒤에는 내 가슴이 작다고 열을 올리고, 이제 와서는 날더
러 가슴을 드러내라고 명령하고 있잖아. 도무지 갈피를
못 잡겠어."

"과민도 하시네!"

그녀가 빈정거렸다.

보통 때 우리 가족은 각자 자기 먹고 싶은 데서 밥을 먹
었다. 부엌 식탁 한 구석이나 텔레비전 앞, 혹은 쟁반을
들고 침대로 가서 먹곤 했다.

이날 저녁은 초대 손님도 있고 하니 엄마는 제대로 된
저녁식사를 준비하는 게 좋겠다고 판단했는지 우리를 식
탁으로 불러모았다. 엄마가 우리를 불렀을 때 나는 나를
못살게 구는 형리(刑吏)와 단둘이 있지 않아도 된다는 생
각에 안도의 한숨을 내쉬었다.

"안녕하세요."

아버지가 말했다.

"크리스타라고 부르세요."

놀랄 만큼 여유로운 태도와 환한 미소로 그녀가 대답했다.

그녀는 아버지 곁으로 다가가더니 뺨에다 뽀뽀를 했다. 아버지도 놀라고 나도 놀랐다. 아버지는 놀라면서도 한편 매료된 듯했다.

"오늘밤 저를 재워주신다니 고맙습니다. 아파트가 정말 멋져요."

"과찬이에요. 그저 정리만 좀 됐을 뿐이죠. 20년 전 우리가 이 아파트를 발견했을 때의 상태를 봤더라면 그런 말 못 했을 거예요! 집사람과 내가……"

아버지는 끝도 없는 얘기를 늘어놓았다. 집수리를 위해 했던 진절머리나는 작업들을 하나도 빼놓지 않고 얘기했다. 크리스타는 무슨 감격스런 얘기라도 되는 듯 열중해서 들었다.

"맛있어요."

엄마가 건네는 음식을 받으며 그녀가 말했다.

부모님 두 분 다 홀린 듯 좋아했다.

"블랑슈 말이 말메디 근처에 산다고 하던데요."

"네, 그래서 버스 타는 건 계산하지 않고도 기차시간만 하루에 네 시간이 걸려요."

"학교 기숙사에 방을 구하지 그래요?"

"그럴 생각이에요. 그러기 위해 지금 열심히 일하고 있어요."

"일도 해요?"

"네, 말메디의 바에서 주말마다 아르바이트를 하고 있어요. 가끔 수업이 일찍 마치면 주중에 할 때도 있어요. 학비는 제가 벌고 있죠."

부모님은 감탄한 눈길로 그녀를 바라보았다. 그리고는 열여섯 살이나 되었는데도 경제적으로 독립할 싹수라곤 보이지 않는 딸을 지탄의 눈길로 바라보았다.

"부모님은 무슨 일을 하세요?"

아버지가 물었다.

그녀가 나한테 했듯이 아버지에게도 "예의가 없으시군요!" 하려나 생각하니 속으로 웃음이 났다.

안타깝게도 크리스타는 세심히 계산된 침묵을 지키더

니 비극적인 투로 짧게 말했다.

"저는 혜택받지 못한 환경에서 태어났어요."

그러고는 시선을 떨구었다.

나는 방금 전의 설문조사에서 그녀가 10점을 따냈다는 걸 알았다.

그녀는 부끄럽지만 용기를 잃지 않고 있다는 듯 활기차게 다시 말했다.

"제 계산이 정확하다면, 봄이 끝날 무렵엔 세를 얻을 수 있을 거예요."

"하지만 그때는 시험기간이잖아요! 일과 공부를 같이 하기가 힘들 텐데!"

엄마가 말했다.

"그래도 해야죠."

그녀가 대답했다.

따귀라도 한 대 올리고 싶은 마음이었다. 하지만 못된 생각이라 여기고 금세 자책했다.

크리스타가 명랑한 목소리로 다시 말했다.

"말씀을 놓으시면 좋겠어요. 그래야 제가 편할 것 같아요."

"정 그렇다면 그러지."

입이 귀에 걸리도록 활짝 웃으며 아버지가 말했다.

내가 보기엔 참으로 뻔뻔하기 짝이 없는 그녀에게 부모님이 홀딱 빠진 걸 보니 화가 치밀었다.

우리 방으로 올라가기 전에 그녀가 엄마를 안으며 말했다.

"안녕히 주무세요, 미셸."

그리고는 아버지에게도 말했다.

"안녕히 주무세요, 프랑수아."

부모님의 이름을 가르쳐준 것이 후회되었다. 고문을 견디다 못해 조직원들의 이름을 불어버린 듯한 느낌이었다.

"니네 아버지 정말 멋지더라."

그녀가 말했다.

이제는 찬사를 들어도 즐겁지 않았다.

그녀는 내 침대에 누우며 말했다.

"여기 있게 돼서 좋아."

그러더니 베개에 머리를 대자마자 잠이 들었다.

그녀의 마지막 말에 뭉클해진 나는 머릿속이 혼란스러웠다. 내가 크리스타를 잘못 판단한 건 아닐까? 그녀에 대한 내 느낌은 근거 있는 것이었나?

엄마는 우리 둘이 벌거벗고 있는 걸 보고서도 불쾌하게여기지 않았어. 어쩌면 내가 내 몸에 대해 열등감을 갖고있다는 걸 알고서 그녀가 그랬던 건 아닐까. 그러는 게 나한테 유익할 거라고 생각해서 말이야.

크리스타는 출신 환경 때문에 열등감을 갖고 있는 것같아 보였어. 내 질문에 삐딱하게 대답했다고 해서 그녀를 원망하지 말았어야 하는 게 아닐까. 그녀가 그렇게 터무니없는 태도를 보인 것은 단지 불안의 표현은 아니었을까.

사실, 그렇게 어린 나이에 혼자 힘으로 학비를 번다는건 칭찬받아 마땅한 일이야. 그런 일에 그렇게 저속하게화를 낼 것이 아니라 오히려 내가 그녀를 더 높이 사고 본보기로 삼아야 했어. 내가 완전히 잘못 생각했던 거야. 크리스타가 얼마나 멋진 아이이며, 그녀를 친구로 갖게 된것이 얼마나 뜻밖의 행복인지를 단박에 깨닫지 못한 내가부끄러워.

이런 생각을 하니 마음이 놓였다.

이튿날 아침, 그녀는 부모님에게 엄청 고마워했다.

"덕택에 평소보다 세 시간 반이나 더 잘 수 있었어요!"

학교로 가는 길에 그녀는 내게 한 마디도 하지 않았다. 잠이 덜 깨서 그런가 보다 했다.

강의실에 들어서자마자 나는 그녀에게 존재하지 않는 인물이었다. 나는 늘 그렇듯 고독 속에서 하루를 보냈다. 이따금 멀리서 크리스타의 웃음소리가 들려왔다. 지난밤 그녀가 내 방에서 잤다는 사실조차 이제는 확신이 서지 않았다.

이날 저녁 엄마가 말했다.

"네 친구 크리스타 말이야, 걔 정말 괜찮더라! 재미있고, 재치도 있고, 활기 넘치고…… 굉장한 애야."

아버지가 덧붙였다.

"게다가 정말 어른스럽더구나! 용기도 있고! 똑똑하고! 인간관계에 대한 센스도 탁월하고 말이야!"

"그렇죠?"

크리스타가 무슨 그리 예리한 말을 했던가 하고 기억을

더듬으며 내가 말했다.

엄마가 말을 이었다.

"친구 사귀는 데 참 오래도 걸린다 했더니 네가 데려온 친구의 수준을 보니 이해가 되는구나. 네 기준이 너무 높았던 거야."

"게다가 예쁘기까지 하더라."

나를 태어나게 한 창조주께서 탄복하며 말했다.

"정말 그래. 근데, 당신은 걔가 벌거벗은 모습은 보지 못했잖아요."

"못 봤는데? 어떻길래?"

"내 의견이 듣고 싶다면…… 한 마디로 기막힌 몸매였죠."

참다못해 내가 끼어들었다.

"엄마, 제발……"

"넌 왜 그렇게 꽉 막혔니! 네 친구는 아무 거리낌 없이 나한테 벗은 몸을 보이더구나. 그 애가 옳아. 걔가 널 병적인 수줍음에서 벗어나게 해줄 수만 있다면 좋겠구나."

"그래. 게다가 그 애가 너한테 본보기가 될 만한 점이 그것만이 아니더구나."

화가 치미는 걸 참으려니 엄청난 노력이 필요했다. 꾹 참고 그저 이렇게만 말했다.

"엄마 아빠가 크리스타를 좋아하시니 저도 좋아요."

"우린 정말 그 애가 마음에 드는구나! 오고 싶으면 언제든지 오라고 하거라. 이 말을 꼭 전해."

"알았어요."

내 방으로 돌아온 나는 전신 거울 앞에서 옷을 벗고 물끄러미 바라보았다. 이 몸뚱어리는 머리부터 발끝까지가 나를 모욕했다. 크리스타가 내 몸에 대해 한 말도 그다지 심한 말 같지 않아 보였다.

사춘기 때부터 나는 내 육체를 혐오해 왔다. 크리스타의 시선은 사태를 악화시켰다. 나는 이제 크리스타의 눈을 통하지 않고서는 나 자신을 볼 수 없게 되었고, 그런 나 자신이 혐오스러웠다.

가슴은 청소년기의 여자아이들을 강박적으로 사로잡는 문제다. 가슴이 막 생겨나기 시작하는 시기이기에 도무지 그 생각에서 벗어나지 못하는 것이다. 엉덩이의 변화는 덜 놀랍다. 엉덩이는 변화될 뿐, 추가로 생겨나는 것

이 아니기 때문이다. 하지만 가슴에서 솟아오르는 용기
는 소녀들에게 오랫동안 생경한 것으로 남는다.

크리스타는 나에 대한 배려라고는 조금도 없이 내 몸에
서 오직 가슴만을 언급했다. 그것은 가슴이 나의 주된 문
제임을 입증하는 것이다. 굳이 그렇게 입증할 필요가 있
는지는 몰라도 말이다. 나는 실험을 해보았다. 손으로 가
슴을 완전히 가리고 나를 보았다. 그런 대로 봐줄 만했다.
아니 꽤 괜찮았다. 하지만 가슴을 가린 손을 치우자 곧 내
모습은 볼품없이 비참해졌다. 마치 실패작인 가슴이 나
머지 몸을 감염시키기라도 하는 듯했다.

머릿속에서 나를 옹호하는 목소리가 들려왔다.

'그래서 어쨌단 말야? 아직 성장이 끝난 것도 아니잖
아. 가슴이 작아서 좋은 점들도 있어. 크리스타가 너를 보
기 전에는 신경도 안 썼잖아. 왜 그 애의 평가를 그토록
중요하게 여기는 거지?'

거울 속에서 나는 문득 내 어깨와 팔이 크리스타가 충
고한 대로 자세를 취하더니 그녀가 처방해준 마사지를 하
는 걸 보았다.

머릿속의 목소리가 외쳤다.

'안 돼! 복종하지 마! 그만둬!'

그런데도 내 몸은 고분고분 마사지를 계속했다.

다시는 하지 않으리라 나는 다짐했다.

이튿날, 나는 더 이상 크리스타에게 다가가지 않으리라 단단히 마음먹었다. 그녀도 그걸 느꼈던 모양이다. 나를 향해 다가온 걸 보면 말이다. 그녀는 인사를 하더니 아무 말 없이 나를 쳐다보았다. 거북해서 내가 말을 꺼내고 말았다.

"우리 엄마 아빠는 네가 마음에 든대. 그리고 네가 좋을 때 언제든지 오라고 전하래."

"나도 두 분이 좋아. 내가 기뻐하더라고 전해줘."

"다시 올 거야?"

"다음주 월요일에."

굵직한 목소리들이 그녀를 외쳐 불렀다. 그녀는 뒤를 돌아보더니 무리를 향해 갔다. 가더니 어떤 남자애 무릎 위에 앉았다. 다른 남자애들도 서로 무릎을 내놓으려고 야단이었다.

수요일이었다. 다음주 월요일이 되려면 아직 멀었다.

이제는 전처럼 기다려지지 않는 것 같았다. 그녀와 함께 있을 때보다 그녀가 없었던 때가 더 낫지 않았던가?

딱하게도 확신이 서질 않았다. 그녀가 없다는 것은 아무도 없이 나 혼자라는 의미였다. 나의 외로움은 크리스타를 만난 이후 더욱 깊어졌다. 이제는 그 애가 내 존재를 보지 않을 때면 외로움 때문에 괴로워하는 것이 아니라 지독한 고독에 몸부림쳤다. 완전히 내버려진 느낌이 드는 것이다.

심지어 벌을 받는다는 느낌마저 들었다. 그녀가 내게 말을 걸지 않는 건 내가 뭔가 잘못을 저질렀기 때문이 아닐까? 나는 내가 벌을 받아 마땅한 이유를 찾느라 내가 한 행동들을 되짚으며 몇 시간을 보내곤 했다. 벌의 근거를 도무지 찾지 못해도 나는 벌의 정당성을 의심할 생각조차 하지 못했다.

다음주 월요일, 부모님은 들떠서 크리스타를 맞이했다. 샴페인까지 내왔다. 그녀는 한 번도 샴페인을 마셔본 적이 없다고 했다.

저녁식사는 흥겨웠다. 크리스타는 수다스럽게 재잘거

렸다. 아버지나 엄마에게 다양한 주제에 관해 물었고, 나를 제 얘기의 증인으로 삼으려고 내 허벅지를 때리기도 했다. 그러면 모두가 화들짝 웃곤 했지만 나는 점점 더 그들 속에 끼어들기가 힘들었다.

엄마의 우아한 차림을 보고서 크리스타가 비틀즈의 "미셸, 마 벨⋯⋯"이라는 노래를 부르기 시작했을 때 분위기는 극에 달한 것 같았다. 나는 엄마가 좋아 어쩔 줄 몰라 하는 걸 보고서 바보 같은 짓도 정도껏 하라는 말을 내뱉을 뻔했다. 자기 부모가 품위를 잃어가는 꼴을 보고 있기란 참으로 끔찍한 일이다.

그녀가 부모님에게 하는 말을 듣고서야 나는 내 친구라는 그녀의 삶을 알게 되었다.

"네, 남자친구 있어요. 이름은 데틀레브, 말메디에 살아요. 저랑 같은 바에서 일해요. 나이는 열여덟 살이죠. 전 그 애가 일을 배웠으면 좋겠어요."

이런 말도 했다.

"고등학교 친구들은 모두 공장에 들어갔어요. 저 혼자만 공부를 시작했지요. 왜 정치학이냐고요? 사회 정의에 대한 제 나름의 이상이 있어서예요. 주변 사람들을 어떻게 도울 수 있을지 배우고 싶어요."

(여기서 또다시 그녀는 10점을 땄다. 어째서 그녀는 선거 유세에서 말하듯 하는 걸까?)

바로 그때, 크리스타의 잔인한 본능에 발동이 걸렸다. 그녀는 나를 향해 고개를 돌리더니 물었다.

"근데, 블랑슈, 너는 왜 정치학을 공부하는지 나한테 말 안 해줬잖아."

내게 순간적 재치가 있었더라면 이렇게 응수했을 것이다. "네가 묻지 않았으니까 말하지 않았지." 딱하게도 나는 너무 얼이 빠져 이 말을 하지 못했다. 그녀가 내게 말을 거는 데 익숙하지 않았던 것이다.

얼빠진 내 모습에 짜증이 난 아버지가 몰아붙였다.

"얼른 대답해 보거라."

나는 떠듬떠듬 말하기 시작했다.

"사람들과 함께 사는 법을 배우는 게 흥미로울 것 같아서……"

어눌한 말이었다. 하지만 그게 내 생각인 데다, 나름대로 하나의 타당한 견해라고 느껴졌다. 부모님은 한숨을 내쉬었다. 나는 크리스타가 오로지 두 분 앞에서 나를 모욕하려는 목적으로 그런 질문을 던졌다는 걸 알아차렸다. 그녀는 목적을 달성했다. 부모님 눈에는 내가 '이 감탄스런 아이'의 발뒤꿈치에도 못미처 보였을 테니까.

"블랑슈는 너무 얌전해서 탈이야."

엄마가 말했다.

"네가 쟤를 우리한테서 좀 떼어놓아야 할 것 같구나."

아버지가 거들었다.

나는 오싹했다. "네가 쟤를 우리한테서……"라는 말 속에 담긴 네 사람의 관계가 끔찍했다. 나는 어느새 제삼자가 되어 있었다. 누군가를 3인칭으로 말한다는 것은 그가 그 자리에 없다는 뜻이다. 실제로 나는 그 자리에 있지 않았다. 대화는 '너'와 '우리'로 지칭되는 사람들 사이에서 이루어지고 있었다.

"그래, 크리스타. 네가 쟤한테 세상 사는 법을 좀 가르쳐주렴."

엄마가 한 마디 덧붙였다.

그러자 그녀가 대답했다.

"그러도록 해볼게요."

나는 두 손 두 발 다 들고 말았다.

며칠 뒤, 학교에서 크리스타가 성가셔 죽겠다는 표정을 하고 날 찾아왔다.

"널 내 친구들에게 소개시켜 주기로 네 부모님한테 약속했어."

"고맙지만 그러지 않아도 돼."

"얼른 따라와, 내가 할 일이 그렇게 없는 줄 알아?"

그러더니 내 팔을 잡아끌었다. 그녀는 나를 소란스런 집단을 향해 떼밀었다.

"얘들아, 얘가 블랑슈야."

아무도 나를 쳐다보지 않았다. 차라리 다행이었다. 이걸로 내 소개는 끝났다.

크리스타는 제 할 일을 끝냈다는 듯 내게서 등을 돌리더니 다른 아이들과 얘기하기 시작했다. 나는 그들 무리 가운데 홀로 서 있었다. 어찌할 바 모른 채 거북함을 있는 대로 드러내고서.

나는 식은땀을 뒤집어쓰고 무리에서 떨어져 나왔다. 방금 얼마나 멍청한 일이 일어난 건지는 잘 알았지만 너무도 하찮은 사건이니까 얼른 잊어버려야지 했다.

하지만 나는 악몽을 꾼 것 같은 느낌에서 도무지 벗어

나지 못했다.

교수가 대강의실로 들어섰다. 학생들은 앉으려고 자리로 이동했다. 내 옆을 지나던 크리스타가 잠시 몸을 숙여 내 귀에다 중얼거렸다.

"너라는 애는 하여튼! 내가 너를 위해 얼마나 애썼는데 어쩜 말 한 마디 안 걸고 사라질 수 있니."

그녀는 내게서 두 줄 떨어진 곳에 자리잡았다. 얻어맞은 듯 아연해 하는 나를 남겨둔 채.

나는 잠을 잃었다.

크리스타가 옳다고 나 자신을 설득했다. 그러자 덜 괴로웠다. 그래, 누구에게 말이라도 걸어보았어야 했어. 하지만 무슨 말을 하란 말이야? 아무 할 얘기가 없는걸. 게다가 누구에게 말을 걸란 말이야? 그 애들을 별로 알고 싶지도 않은데.

'거 봐. 넌 그 애들에 대해 아무것도 모르면서 알고 싶지 않다고 이미 정해두고 있잖아. 넌 정말이지 건방지고 거만해! 크리스타는 너그러워. 걔는 다른 사람들에게 다가갈 줄 알아. 너나 네 부모한테 다가왔듯이 말야. 그 애는 모든 사람에게 자기를 내줄 줄 아는데, 넌 아무에게도 널 내주지 않아. 심지어 너 자신에게조차도 말야. 넌 존재하는 것도 아니야. 크리스타는 좀 과격할지는 몰라도 적어도 존재는 하잖아. 세상의 그 무엇도 너보다는 낫겠다.'

머릿속에서 이를 반박하는 말들이 삐걱거리며 울렸다.

'그만해! 내가 너를 위해 얼마나 애썼는데, 라는 말을 어떻게 감히 해? 소개란 쌍방으로 이루어져야지. 너한테는 다른 애들 이름조차 말해주지 않았잖아. 너를 완전히 무시하는 거지 뭐야.'

그러자 또다른 내면의 목소리가 벼락같이 응수했다.

'너 뻔뻔스럽다! 걔는 뭐 누가 소개해준 줄 아니? 먼 시골에서 혼자 왔다구. 너랑 나이도 같은데 어느 누구의 도움도 필요로 하지 않잖아. 네가 바보처럼 군 게 맞아.'

반대편에서 다시 들고일어났다.

'그래서? 내가 불평이라도 했니? 나는 혼자 있는 게 좋아. 떠들썩하게 무리에 뒤섞이느니 차라리 고독이 좋아. 그건 내 권리이기도 해.'

웃음 섞인 고함소리가 이어졌다.

'거짓말! 그게 거짓말이라는 건 너도 알잖아! 너는 늘 사람들과 어울리고 싶어했어. 어울린 적이 한 번도 없었으니까! 크리스타는 네 일생일대의 기회야! 넌 그걸 놓치고 있다고, 이 가련한 계집애야……'

더 지독한 욕설이 뒤를 이었다.

불면의 밤들은 그렇게 흘러갔다. 나는 돌이킬 수 없을 정도로 나 자신이 혐오스러웠다.

월요일 밤, 내 방에서 나는 크리스타에게 말했다.

"데틀레브에 대해 얘기 좀 해봐."

나는 그녀가 "너랑 상관없는 일이잖아!"라고 하지나 않을까 두려웠다.

그렇지 않았다. 그녀는 천장을 쳐다보더니 아득한 목소리로 말했다.

"데틀레브는…… 담배를 피워. 아주 세련되고 잘생겼어. 키도 크고 금발이야. 데이빗 보위(David Bowie) 같은 타입이지. 과거가 있어. 힘들어했었지. 어딜 가도 그가 들어서면 사람들이 말을 멈추고 쳐다봐. 과묵하고 잘 웃지도 않아. 자기 감정을 잘 드러내지 않는 타입이야."

우수에 잠긴 미남을 떠올리게 하는 묘사가 우스워 보였지만 한 가지만큼은 솔깃했다.

"정말 데이빗 보위를 닮았어?"

"특히 사랑을 나눌 때 그래."

"데이빗 보위가 사랑하는 걸 봤어?"

"바보같이 굴지 마, 블랑슈."

짜증난 투로 그녀가 말했다.

하지만 내 질문은 논리적이기만 했다. 복수할 셈으로 그녀는 내게 쏘아붙였다.

"넌 보나마나 처녀지."

"어떻게 알았어?"

바보 같은 질문을 하고 말았다. 그녀가 픽 웃는다. 나는 침묵할 소중한 기회를 또 한 번 놓치고 말았다.

"그가 널 사랑해?"

내가 물었다.

"그럼. 너무도 사랑하지."

"왜 '너무도' 야?"

"남자가 널 여신 바라보듯 하는 게 어떤 건지 넌 모를 거야."

'어떤 건지 넌 모를 거야'라는 말에는 극도의 멸시가 담겨 있었다. 그리고 그 앞 말은 우습기 짝이 없었다. 가련한 크리스타, 데이빗 보위의 애타는 눈길에 사로잡힌 잔인한 운명을 견뎌내야 하다니! 웬 공주병이람!

"그러면 널 좀 덜 사랑해달라고 하렴."

말을 있는 그대로 받아치며 내가 말을 이었다.

"누가 네 충고를 기다린대? 그게 뭐 그 사람 마음대로 되는 일인 줄 아니?"

나는 갑자기 좋은 생각이 떠오른 척했다.

"네 코 푼 손수건을 보여줘. 그걸 보고 나면 덜 사랑할 걸."

"참 딱하다. 넌 정말이지 문제 있는 애야."

어이없다는 표정으로 그녀가 말했다.

그리고는 불을 껐다. 이제 잠이나 자겠다는 뜻이다.

내 머릿속에서 다시 집회가 벌어졌다. '네가 아무리 쟤를 꼴불견이라 여겨도 달라지는 건 없어. 넌 쟤 자리에 있고 싶어해. 쟤는 사람들이 좋아하고 경험도 많아. 넌 그런 일이 일어날 턱이 없는 멍청이이고 말이야.'

이번에도 연인간의 사랑이 문제가 되었다. 열여섯 살에

그런 사랑을 경험하지 못했다는 건 있을 수 있는 일이었다. 나는 그런 사랑까지는 바라지도 않았다. 다만 어떤 형태이건 사랑이라는 걸 경험해볼 수만 있다면 얼마나 좋을까! 부모님이 내게 애정을 보여주긴 하지만 요즘 나는 그 애정이 얼마나 빈약한 것인지 깨달아가고 있는 중이다. 매혹적인 여자애가 나타나자 부모님은 마음에서 나를 구석자리로 몰아내지 않았는가?

　나는 기억을 더듬느라 밤을 새웠다. 누군가 나를 사랑한 적이 있었던가? 살아오는 동안 내게 놀라운 사랑의 선택을 느끼게 한 아이나 어른이 있었던가? 열렬히 바랐건만 나는 한 번도 열 살 여자아이들의 거창한 우정을 경험하지 못했다. 고등학교에서 선생님의 열정 어린 관심을 받아본 적도 없었다. 타인의 눈에서 나를 향한 불꽃이 반짝이는 것도 한 번도 보지 못했다. 삶의 위안이 되었을 불꽃 말이다.

　그렇기에 나는 크리스타가 뭐라 하건 아랑곳하지 않을 수 있었다. 그녀는 잘난 척하고 허영심 많고 어리석을지는 몰라도, 적어도 사랑 받을 줄은 알았으니까. 시편 구절이 떠올랐다. "사랑하게 하는 이들은 축복 받을지어다."

그렇다. 그들은 축복 받아 마땅하다. 그들이 제아무리 많은 결점을 지니고 있다 한들, 아무 짝에도 소용없는 나를 누구 하나 거들떠보지 않는 이 땅에서 그들은 소금과 같은 존재이기 때문이다.

어째서 그렇게 되었을까? 만약 내가 사랑을 한 적이 없다면 그래도 마땅하다 하겠다. 그런데 사실은 그렇지 않았다. 나는 언제나 사랑할 준비가 되어 있었다. 아주 어려서부터 내가 마음을 준 여자애들의 수는 헤아릴 수 없이 많았다. 하지만 그들은 내 마음을 원치 않았다. 사춘기에는 한 남자애한테 홀딱 빠졌었는데 그 애는 내 존재를 알아차리지도 못했다. 그나마 그건 내게 분에 넘치는 사랑이었다. 다정한 말이나 어루만짐조차 나는 줄곧 거절당해왔으니까.

크리스타가 옳았다. 내게 문제가 있는 게 틀림없었다. 무슨 문제일까? 나는 얼굴이 그다지 못생긴 편도 아니다. 더구나 못생긴 여자애들이 지극히 사랑받는 경우도 보지 않았는가.

청소년기에 겪었던 일이 생각났다. 어쩌면 그 일화가 내게 필요한 열쇠를 쥐고 있는지도 모른다. 그다지 먼 얘기도 아니다. 바로 작년에 일어났던 일이다. 나는 열다섯 살이었고, 친구가 없다는 사실에 괴로워하고 있었다. 고등학교 마지막 학년 때 내가 속했던 반에는 꼭 붙어 다니는 세 명의 여자애들이 있었다. 발레리와 샹탈, 그리고 파트리시아였다. 언제나 붙어 다니며 굉장히 행복해 하는 것 같아 보인다는 사실 외에는 그 애들에게 그다지 특별한 점이라곤 없었다.

나는 그 무리에 끼고 싶었다. 그래서 집요하게 그 애들을 따라다녔다. 몇 달 간 그 애들이 있는 곳이면 언제나 내가 끼어 있었다. 나는 그 애들의 대화에 끊임없이 끼어들었다. 물론, 내가 질문을 해도 그 애들이 대답하지 않는다는 것쯤은 눈치챘다. 그래도 나는 참고 내가 가진 것에 만족했다. 그것만도 어디냐 싶었다. 그 자리에 있을 수 있는 권리 말이다.

그렇게 6개월이 흐른 뒤, 샹탈이 폭소를 터뜨리고 나더니 이런 끔찍한 말을 했다.

"우리 셋은 정말 멋진 짝이야!"

그리고 세 사람은 일제히 화들짝 웃었다.

언제나처럼 내가 그들 가운데 함께 있는데도 말이다.

내 가슴엔 비수가 꽂혔다. 나는 비참한 현실을 깨달았다. 내가 존재하지 않는다는 사실 말이다. 나는 한 번도 존재한 적이 없었다.

그 후 사람들은 그 트리오 속에 낀 내 모습을 볼 수 없었다. 그 애들은 내 존재만큼이나 내 부재도 알아차리지 못했다. 나는 보이지 않는 존재였다. 그것이 바로 나의 문제였다.

가시성(可視性)의 결함? 아니면 존재의 결함? 어쨌든 결과는 마찬가지였다. 나는 존재하지 않았다.

이 기억을 떠올리자 가슴이 아팠다. 그 후 달라진 게 없다는 사실을 불쾌하지만 인정하지 않을 수 없었다.

아니 달라진 게 있었다. 크리스타가 있었다. 크리스타가 나를 보지 않았는가. 아니다, 그렇기만 하다면 얼마나 좋을까마는 크리스타는 나를 본 것이 아니었다. 내 문제를 보았을 뿐이다. 그리고 그것을 이용하고 있었다.

그녀는 존재하지 않는다는 사실 때문에 지독히도 괴로워하는 한 여자애를 보았을 뿐이다. 그리고 16년이나 묵은 저 오랜 고통을 이용할 데가 있으리라고 직감했던 것이다.

그녀는 이미 나의 부모와 아파트를 점령했다. 탄탄대로에서 그 애는 결코 걸음을 멈추지 않을 것이다.

다음 주 월요일, 크리스타는 수업에 들어오지 않았다. 따라서 나는 혼자 집으로 돌아왔다.

크리스타가 함께 오지 않은 걸 보고서 엄마가 오만 가지 질문을 퍼부었다.

"아픈가 보지?"

"몰라요."

"모르다니, 어떻게 그럴 수가 있니?"

"몰라요. 아무 말도 없었으니까요."

"걔한테 전화해 보지도 않았어?"

"전화번호도 모르는 걸요."

"전화번호를 물어보지도 않았어?"

"내가 자기 가족에 대해 묻는 걸 좋아하지 않아요."

"그래서 전화번호도 못 물어본단 말이냐!"

이미 죄인은 나였다.

"걔가 전화를 할 수도 있잖아요. 우리 집 전화번호도 아는데."

"걔네 부모님한테는 전화비도 부담스러울 거야."

엄마는 내 친구라는 아이를 변호하기 위해 온갖 이유를 갖다대었다.

"걔 주소도 없어? 동네 이름도 몰라? 너 정말 사회성에 문제 있다!"

엄마는 단념할 태세가 아니었다. 국가 정보를 이용할 생각까지 했다.

"말메디에 사는 빌덩 가족이요…… 아무것도 없어요? 네에, 고맙습니다."

아버지가 돌아왔다. 아버지의 아내는 자신이 알아본 일과 나의 사회성 없음에 대해 얘기했다.

"넌 하여튼!"

아버지가 말했다.

저녁식사는 침울했다.

"어쨌든 그 애와 싸운 건 아니지?"

언짢은 기분으로 엄마가 물었다.

"아뇨."

"처음 생긴 친구잖니! 게다가 얼마나 멋진 애냐!"

힐난조로 엄마가 말을 이었다.

"엄마, 싸운 거 아니라고 했잖아요."

혹시 그녀와 싸우기라도 한다면 부모님이 나를 용서하지 않으리라는 걸 이 참에 알게 되었다.

아버지는 크리스타를 위해 준비한 맛있는 음식을 한 술도 뜨지 못했다.

아버지가 마침내 입을 열었다.

"사고가 난 건 아닐까? 아니면 납치당한 건 아닐까?"

"그런 것 같아요?"

엄마가 불안해하며 물었다.

나는 화가 치밀어 내 방으로 올라와 버렸다. 부모님은 내가 없어진 줄도 몰랐다.

이튿날, 크리스타는 자기 패거리와 어울려 장황하게 얘기를 나누고 있었다. 나는 그녀 있는 곳으로 달려갔다.

"너 어디 있었어?"

"무슨 얘기야?"

"어제 저녁에 말이야. 어제 월요일이었잖아. 우린 널 기다렸어."

"아, 그렇구나. 데틀레브하고 늦게까지 데이트를 했거

든. 아침에 못 일어났어."

"왜 전화 안 했어?"

"아이구, 그렇게 심각해?"

그녀가 한숨을 내쉬며 말했다.

"부모님이 걱정하셨어."

"고마우셔라. 나 대신 미안하다고 전해줘, 알았지?"

그리고는 등을 돌린다. 더 이상 나한테 시간을 빼앗기지 않겠다는 걸 확실히 보여주려고.

이날 저녁, 나는 나를 태어나게 한 창조주들에게 상황을 설명했다. 크리스타에게는 한없이 관대한 두 분은 그럴 수도 있지 했다. 그리고는 다음 주 월요일에는 그 애가 오느냐고 서둘러 물었다.

"아마 그럴 거예요."

두 분은 몹시도 기뻐했다.

"봐요. 아무 일 없잖아요."

엄마가 아버지에게 말했다.

다음 주 월요일, 그녀는 나와 함께 우리 집으로 왔다. 부모님은 행복을 두 배로 느끼며 그 애를 맞이했다.

'제대로 성공했군.'

이런 생각이 들었지만 그것이 얼마나 사실인지 이때까지만 해도 나는 잘 알지 못했다. 저녁식사를 하는 동안 아버지가 이런 말을 했을 때 비로소 그걸 깨달았다.

"크리스타, 미셸과 내가 생각해보았는데, 네가 주중에 여기서 지내면 어떨까 해. 블랑슈와 방을 같이 쓰면 될 거야. 주말에는 말메디 집으로 돌아가면 될 테고."

"크리스타의 일인데 당신이 이래라 저래라 하면 안 되죠!"

엄마가 끼어들었다.

"당신 말이 맞아. 내가 너무 내 맘대로 말했군. 거절해도 돼, 크리스타. 그렇지만 네가 그렇게 한다면 우리 세 사람 모두 기쁠 거야."

억장이 무너졌지만 나는 가만히 듣고만 있었다.

그녀는 노련하게 눈을 내리깔았다.

그리곤 중얼거렸다.

"받아들일 수가 없어요……"

나는 숨을 멈췄다.

"왜?"

아버지가 불안하게 물었다.

그녀는 한참 뜸을 들이며 부끄러움을 억누르는 듯한 얼굴을 하더니 대답했다.

"저…… 집세를 드릴 수가 없는걸요……"

엄마가 펄쩍 뛰었다.

"무슨 소릴 하는 거야. 집세는 무슨……"

"그럴 수는 없어요. 너무 과분해요……"

내 생각도 그랬다.

"무슨 소리야! 우리야말로 과분해! 네가 있으면 우리가 얼마나 행복한데! 블랑슈도 변했잖아! 넌 걔의 언니나 다름없어."

하마터면 웃음이 터져나올 뻔했다. 너무 심하다 싶었다.

크리스타는 수줍은 듯 나를 쳐다보았다.

"블랑슈, 네 방만큼은 혼자만의 공간으로 두고 싶지? 당연히 그럴 거야."

대답하려는 순간, 엄마가 끼어들었다.

"지난 주 네가 오지 않았을 때 블랑슈가 얼마나 쓸쓸해 하던지 네가 봤어야 하는 건데. 쟤는 친구 사귀는 데는 영

소질이 없어. 그러니 네가 그러겠다고 한다면 재한테는 더 이상 기쁜 일이 없을 거야. 내가 장담해."

"글쎄, 우리 모두를 기쁘게 해주는 일이라니까."

아버지가 힘주어 말했다.

"그러시다니 도저히 거절할 수가 없네요."

그녀는 우리가 도리어 고마워할 때까지 기다렸다가 청을 받아들였다.

엄마가 다가가서 크리스타를 안았다. 크리스타는 코를 찡긋하며 기뻐했다. 아버지도 환하게 웃었다.

나만 고아였다.

내가 고아라는 사실은 잠시 후 부엌에서 다시 확인되었다. 아버지와 설거지를 하던 중 크리스타가 우리 말을 듣게 될지도 모른다는 사실을 알면서 나는 물었다.

"왜 제 의견은 묻지 않았어요?"

나는 아버지가 마땅히 이런 대답을 하리라 상상했다.

'여긴 내 집이야. 누구든 내가 원하는 대로 초대할 수 있다구.'

그런데 아버지의 대답은 그게 아니었다.

"그 애가 네 친구인 것만은 아니야. 우리 친구이기도 하거든."

그 애는 두 분의 친구일 뿐이라고 말하려는 순간 크리스타가 튀어 들어왔다. 한껏 어리광을 부리며 그녀가 말했다. 어리광을 부릴 권리가 아직은 있다는 듯이 말이다.

"정말 기뻐요!"

그리고는 아버지의 품에 안겼고 내 뺨에도 뽀뽀를 했다.

"프랑수아, 블랑슈, 이제 모두 제 가족이에요!"

이 멋들어진 그림에 부족함이 없도록 엄마까지 합세했다. 크리스타는 성화 속 처녀 같은 얼굴로 환한 미소를 띤 채 폴짝폴짝 뛰며 나의 부모님을 끌어안았고, 두 분은 처녀의 싱그러움에 감격했다. 내가 보기엔 우스꽝스럽기 짝이 없는 광경이었다. 혼자라는 사실이 슬펐다. 나는 약간 냉랭한 말투로 끼어들었다.

"데틀레브는 어쩌고?"

"주말에 보면 돼."

"그 정도로 되겠어?"

"그럼."

"그 사람도 그럴까?"

"그럼 허락이라도 받으란 말이니?"

"멋지다, 크리스타!"

엄마는 무척이나 좋아했다.

"넌 왜 그렇게 고리타분하니!"

아버지가 내게 말했다.

그들은 내 말을 전혀 이해하지 못했다. 나는 자유나 허락에 관한 말을 한 것이 아니었다. 미칠 듯한 사랑에 대해 나는 이런 생각을 품고 있었다. 언젠가 내가 그런 사랑을 하게 된다면 이별은 상상도 할 수 없을 거라는 생각 말이다. 사랑하는 사람과 나 사이에 대체 무엇을 용납할 수 있겠는가? 칼날이라면 몰라도. 이런 생각을 나는 주절주절 늘어놓지 않았다. 조롱거리밖에 되지 않으리라는 걸 짐작할 수 있었으니까.

재앙을 경축하고 있는 크리스타의 새 부모를 나는 무거운 마음으로 바라보았다.

화요일, 모사꾼은 짐을 챙기러 자기 집으로

갔다.

화요일에서 수요일로 넘어가는 밤 동안 나는 비극적 희열을 느끼며 내 방의 고독을 음미했다. 이것만은 내 것이라고 믿었던 그 보잘것없는 것조차 결국 나는 소유하지 못했다. 아니 소유했다 하더라도 너무도 불안정한 방식의 소유였기에 몰수당할 수밖에 없었다. 버림받은 처녀들의 보물, 혼자만의 방이라는 꿈의 공간 역시 몰수당하게 되었다.

잠이 오지 않았다. 나는 곧 박탈당할 그 공간 속으로 깊이 젖어들었다. 태어나서 줄곧 지켜온 나의 성전, 내 유년기의 사원, 사춘기의 절규가 울렸던 나의 공명상자.

크리스타는 내 방을 아무 특징 없는 방이라고 했다. 그 말이 맞았다. 바로 그래서 이 방은 날 닮았다. 벽에는 가수 사진도, 파리하고 뽀사시한 스타들의 포스터도 걸려 있지 않았다. 벽은 내 존재의 내면이나 마찬가지로 벌거벗은 상태였다. 그렇다고 보란듯이 일부러 비워둔 것은 아니었다. 그랬더라면 나는 나이보다 성숙해 보였을 것이다. 그러나 나는 그렇지 못했다. 여기저기 책들만 쌓여 있었다. 그것이 나의 정체성을 말해주었다.

보잘것없지만 내게는 참으로 소중한 이 공간도 이제 우정의 이름으로 침범당할 것이다. 부모님의 희미해진 애정마저 잃지 않으려면 나는 없는 우정을 있는 척 가장해야만 했다.

나는 길게 누운 채 나 자신에게 설교를 했다. '네 세계란 참으로 보잘것없고 네 문제들도 하찮기 짝이 없구나. 방조차 갖지 못한 사람들을 생각해봐. 그리고 크리스타가 네게 세상 사는 법을 가르쳐 줄 거야. 공연한 일이 아니라니까.'

이 말도 내게는 전혀 와닿지 않았다.

수요일 오후, 침입자가 어마어마하게 큰 가방을 들고

들이닥쳤다. 저렇게 큰 가방이 필요할까 싶었다. 이건 시작에 불과했다. 가방에서는 옷가지가 끝도 없이 쏟아져 나왔고, 큼직한 휴대용 라디오 하나와, 제목만 봐도 질리는 CD들과, 벽에 붙일 것으로 보이는 물건들, 그리고 끔찍하기 짝이 없는 포스터들이 나왔다.

"이제야 너도 젊은애다운 방을 갖게 될 거야."

크리스타가 외쳤다.

그러더니 지금까지는 내가 그 명성을 알 필요가 없었으나 앞으로는 어쩔 수 없이 감내해야 할 인물들의 얼굴을 벽에다 붙여댔다. 그들의 이름을 잊으리라 나는 다짐했다.

그녀는 가사가 온통 좋은 말뿐인 끔찍한 노래들을 쩌렁쩌렁 울리게 하더니 그것으로도 모자라는지 따라 부르기까지 했다.

시작부터 아주 세게 나왔다.

크리스타는 앨범 하나를 끝까지 들을 줄 몰랐다. 계속해서 앨범을 바꿔야 했다. 그야말로 고문이었다. 그녀가 디스크를, 그것도 노래 도중에 바꿀라 치면 나는 희망을 가졌다. 저 데시벨 높은 소음의 궁핍함을 드디어 알아차렸나 보다 했다. 그런데 저런, 그녀가 새로 고른 음악을 들어 보면 이전 음악이 그리울 판이었다. 그래서 나는 나 자신을 질책하며 애써 지금의 앨범을 좋아하려고 했다. 다음에 이어질 음악을 생각해서 말이다.

"마음에 들어?"

반시간 가량의 고문 끝에 그녀가 내게 물었다.

생뚱맞은 질문 같았다. 침략자들이 언제부터 제물들의 의견에 신경을 썼담?

이런 거짓말을 할 능력이 내게 있었단 말인가? 그랬다.

"아주 마음에 들어. 특히 독일 록음악이."

내 대답을 나는 불안한 마음으로 들었다.

독일 록음악은 크리스타가 내게 듣도록 강요한 것 가운데 분명 최악의 것이었다. 그렇다면 나는 가장 혐오하는 것을 좋아한다고 말할 정도로 마조히스트였던가? 곰곰이 생각해보니 그렇지는 않았다. 우선은, 어차피 끔찍한 음악들을 들어야 할 바에는 차라리 혐오의 끝까지 가보자는 생각이었다. 저열함의 표면에 머무는 것보다는 차라리 바닥까지 가는 게 덜 두렵기 때문이다. 게다가, 독일 록음악이 아무리 끔찍하다 한들 도무지 가사를 알아들을 수 없는 프랑스 음유시보다는 분명 나았기 때문이다.

"네 말이 맞아, 최고야! 데틀레브와 내가 얼마나 좋아하는데."

그녀가 흥분해서 말했다.

그러더니 볼륨을 최고로 높여 〈참으로 끔찍한〉이라는 절묘한 제목의 노래를 틀었다. '제목 한번 제대로 붙였군.' 대체 독일 문화가 어찌된 걸까? 천재적인 작곡가들을 배출한 문화였는데 오늘날엔 게르만 음악 창작이 세계에서 가장 조악한 것이 되고 말았으니 말이다. 이 어이없고 악취 나는 노래들로 도닥거려진 데틀레브와 크리스타의 사랑은 백마 탄 왕자와의 사랑과는 매우 거리가 먼 것일 게 뻔했다.

누군가 조심스레 문을 두드렸다. 아버지였다.

"프랑수아! 별일 없으시죠?"

입이 귀에 걸리도록 활짝 웃으며 크리스타가 외쳤다.

"그래, 아주 좋아. 근데 미안하지만 음악소리가 좀 너무 큰 것 같지 않니?"

아버지가 조심스럽게 말했다.

"그렇네요. 블랑슈가 좋아해서 그랬어요. 블랑슈가 좋

아하는 음악이거든요."

소리를 낮추며 그녀가 말했다.

"아, 그래?"

놀란 표정으로 나를 바라보며 아버지가 말했다.

그리고는 방을 떠났다.

그렇게 나는 청각적 형벌을 감내해야 했을 뿐 아니라, 풍기문란의 주요 책임자로 오인받기까지 해야 했다.

학교에서 그녀는 전보다 적극적으로 나를 자기 패거리 속으로 끌어들이려 했다. 피할 길이 없었다.

"나는 이제 블랑슈와 함께 살아. 얘도 나처럼 열여섯 살이야."

"너 열여섯 살이었어, 크리스타?"

한 남자애가 물었다.

"그래."

"그렇게 안 보여."

"블랑슈는 어때, 안 그래 보이지?"

나에 대해서는 관심도 없는 남자애가 말했다.

"그러네. 근데 크리스타, 넌 열여섯 살에 어떻게 대학엘

들어왔어?'

"있잖아, 나는 살기 고달픈 동네에서 태어났어. 그래서 빨리 어른이 되고 싶었어. 집에서 해방되어 내 힘으로 날고 싶었거든. 이해하겠니?'

그녀의 여러 가지 면이 나를 화나게 하지만 그 중에서도 당연하다는 듯이 '이해하겠니?'로 말을 끝내는 방식이야말로 정말 짜증났다. 마치 상대방이 자기 말의 섬세한 의미를 깨닫지 못하리라는 투였다.

"알겠어."

남자애가 말했다.

"넌 정말이지 대단한 애야."

머리를 길게 기른 또 다른 남자애가 말했다.

크리스타가 말을 이어받았다.

"블랑슈는 나랑 달라. 아버지와 어머니가 선생님이시라 모범생이야. 게다가 나를 알게 되기 전까지는 친구도 없었대. 너무 따분해서 반에서 일등만 했나봐."

패거리의 남자애들이 경멸 섞인 웃음을 픽 웃었다.

불쾌한 기분을 드러내지 않는 게 좋을 것 같았다. 자기가 내 인생에 대해 뭘 안다고 저렇게 떠든담? 무슨 권리로 나를 자기 패거리의 조롱거리로 던져주느냐 말이야? 대체 무슨 심보로 저럴까?

크리스타가 대부분의 시간을 자화자찬하는 데 보낸다는 사실은 이미 알고 있었다. 아마도 그녀는 자기를 돋보이게 해줄 못난이를 이용하는 게 훨씬 효과적이라고 생각한 듯했다. 그 못난이가 바로 나였다.

그런 면에서 나는 노다지나 다름없었다. 내 덕에 그녀는 먹고 자고 빨래까지 해결했는데, 그 대가란 사람들 앞에서 나를 조롱거리로 만드는 것이었다. 게다가 그것은 그녀를 즐겁게 하는 일이기도 했다.

이처럼 그녀는 자신이 재능 있고 용기 있고 나이에 비해 성숙하며 빈틈없는 여자라는 이미지를 내세웠다. '혜택받은' 환경에서 태어난, 약삭빠르지 못하고 미련한 멍청이를 까뭉개고서 말이다. 대체 그녀가 무슨 술수를 써서 교사를 부모로 가진 것이 대단한 물질적 안락을 의미하는 것이 되게끔 만들었는지 알 수 없었다.

그녀의 친구들과 이렇게도 '매혹적인' 시간을 보낸 날 저녁에 그녀가 내게 말했다.

"내 덕에 너도 이제 무리에 끼게 되었어."

아마도 내게서 고맙다는 소리를 기다리는 모양이었다. 나는 아무 말도 하지 않았다.

크리스타와 만나기 전만 해도 책 읽는 것이 나의 행복 가운데 하나였다. 책 한 권을 들고 침대에 누워 읽노라면 나 자신이 책이 되는 것 같았다. 좋은 소설을 읽을 때면 난 소설과 하나가 되었고, 시원찮은 소설일지라도 몇 시간이고 멋진 시간을 보낼 수 있었다. 마음에 들지 않는 부분을 찾고 미흡한 부분들을 비웃으며 즐겼던 것이다.

독서는 뭔가를 대체하는 즐거움이 아니다. 밖에서 볼 때 나라는 존재는 해골과 같았다. 그러나 안에서 볼 때의 나는 호사스러울 정도로 책이 가득 찬 책장만 갖춘 아파트가 주는 그런 느낌을 불러일으킨다. 불필요한 것들은 버리고 꼭 필요한 것만 넘치도록 가진 데 대한 감탄 섞인 질투심 말이다.

그러나 나의 내면을 아는 사람은 아무도 없었다. 그 누구도 내가 동정받아야 할 사람이 아니라는 사실을 알지 못했다. 나밖에는 그 누구도 말이다. 나 혼자면 족했다. 나는 내가 눈에 띄지 않는다는 사실을 이용해 며칠이고 꼼짝 않고 책만 읽었다. 아무도 알아차리지 못했다.

그런 나의 행동을 알아차릴 만한 사람은 부모님밖에 없었다. 나는 두 분의 빈정거림을 감내했다. 생물학이 전공인 엄마는 날더러 몸을 함부로 방치한다고 화를 냈다. 아버지는 "정신의 건강은 육체의 건강 안에 있다" 같은 유형의 라틴어나 그리스어로 된 인용문을 들이대며 엄마 말에 동조했다. 내게 스파르타 얘기를 할 때 아마도 아버지는 체육관에 가서 투원반이나 연습하지 하는 생각을 했을 것이다. 문학에 빠져서 혼자 몽상이나 하는 이런 딸보다는 알키비아데스(아테네의 장군이자 정치가로 소크라테스의 애제자이기도 했다 : 옮긴이) 같은 아들을 두었더라면 좋았을 텐데, 라는 생각까지 했는지도 모른다.

나는 뭐라고 변명할 생각도 하지 않았다. 내가 사람들 눈에 띄지 않는다고 설명한들 무슨 소용이겠는가? 두 분은 나를 내 또래들이 일상적으로 맛보는 기쁨을 경멸하는 거만한 아이라고 여겼다. 나야말로 누구보다 내 청춘의 활용법을 찾고 싶었지만 그건 누군가의 눈길 없이는 불가능한 일이었다. 부모님은 나를 쳐다보지 않았다. 내가 어떤 아이라고(너무 얌전하고 생기가 없다는 등) 이미 판단을 내려두었기 때문이다. 참된 시선에는 선입견이 담기지 않는 법이다. 진정한 눈으로 나를 바라보았다면 펄펄 끓는 원자로를 보았을 것이며, 시위가 팽팽하게 당겨진 채 화살과 과녁만을 찾고 있는 활을 보았을 것이고, 그 두 가지 보물을 갈구하는 절규를 들었을 것이다.

하지만 그러한 은총은 오래도록 내려지지 않았기에 나는 책과 더불어 꽃을 피우는 일에 실망하지 않았다. 나는 나의 시간을 기다리며 스탕달과 라디게(Radiguet, 14세에 첫 시를 발표하고 20세에 요절한 천재 시인이자 소설가. 16세 소년과 유부녀의 사랑을 그린 소설 『육체의 악마』는 프랑스 문단에 큰 반향을 불러일으켰으며 영화화되기도 했다 : 옮긴이)를 가지고 꽃잎을 만들어 나갔다. 썩 나쁜 재료는 아닌 것 같았다. 나는 삼류소설로 연명하지는 않았다.

크리스타를 만난 이후로 독서는 하다 만 성교처럼 되고 말았다. 내가 책을 읽고 있는 것을 보면 그녀는 소리쳤다.("맨날 책이야!") 그리고는 재미없는 온갖 소리를 늘어놓기 시작했다. 똑같은 소리를 네 번씩이나 반복하는 바람에 너무도 지겨워서 그녀가 수다를 늘어놓을 때면 으레 나는 몇 번 반복하는지 헤아려 보다가는 어김없이 네 번씩 반복된다는 사실에 놀랄 따름이었다.

"마리 로즈가 그렇게 말하는 거야…… 그래서 내가 말했지…… 마리 로즈 걔가 그런 말을 하다니 기가 막혀서…… 내가 그런 말 한 것, 잘했지? ……마리 로즈한테 말이야……."

이따금씩은 예의상 억지로 반응을 보이는 척하기도 했다. 이를테면,

"마리 로즈가 누구지?"

결과는 좋지 못했다. 크리스타는 불같이 화를 냈다.

"천 번도 더 얘기해줬잖아!"

사실이 그랬다. 그녀는 마리 로즈 이야기를 4천 번도 더 했고 나는 4천 번도 더 잊었다.

차라리 그저 입을 다문 채, 말하는 그녀를 바라보며 이따금씩 "으응"이라고 하거나 고개를 끄덕이는 게 나았다. 그렇지만 나는 그녀가 어째서 그러는지 궁금했다. 바보도 아닌데 이야기를 한답시고 내게 오물을 뒤집어씌우는 일 말고 어째서 다른 기분전환거리를 찾지 못할까. 나는 크리스타가 병적인 질투심에 시달리고 있다는 결론에 이르게 되었다. 내가 책과 더불어 행복해 하고 있는 걸 보면

그 행복을 가로채지 못할 바에야 파괴라도 해야 했던 것이다. 나의 부모와 아파트를 독차지하는 데는 성공했으니 내 기쁨마저 빼앗아야 했던 것이다. 나는 기쁨을 기꺼이 함께 나눌 준비가 되어 있었는데 말이다.

"날 좀 가만히 내버려두면 다 읽고 나서 이 책 너한테 넘길게."

그녀는 기다릴 줄 몰랐다. 내게서 책을 빼앗아 가운데건 끝이건 아무 데나 펼쳐들었다(내가 그런 태도를 얼마나 경멸하는지는 차마 드러내지 못했다). 그러다 못 믿겠다는 듯 입을 비죽거리며 책을 읽어나갔다. 내가 다른 책을 찾아와 책 속에 빠져들라치면 어느새 또다시 마리 로즈나 장 미셸 이야기가 들려왔다. 참기 힘들었다.

"그 소설 마음에 안 들어?"

내가 물었다.

"이미 읽은 것 같아."

"같다니? 파이를 먹었을 때는 먹었다는 걸 확실히 알면서?"

"너 진짜 못생긴 파이 같다."

그러더니 자기 말장난에 도취해서 푸하, 하고 웃음을

터뜨렸다. 그녀는 망연자실한 내 표정을 보고 이겼다 싶은 모양이었다. 내 말문을 막아버렸다고 생각한 것이다. 사실 나는 그녀가 이 정도로 바보였나 싶어 망연자실해 있었다.

일거양득을 노리고 그녀는 부모님 앞에서 읽은 책에 대해 떠들어댔다. 두 분은 그 애가 치는 그물마다 걸려들어 탄성을 내질렀다.

"공부하고 일도 하면서 책 읽을 시간까지 내다니!"

"블랑슈는 안 그래. 책 읽는 것 외에는 아무것도 하지 않는데 말야."

"크리스타, 우리 부탁 좀 들어주렴. 쟤를 책에서 끌어내서 세상 사는 법 좀 가르쳐주렴!"

"두 분께서 부탁하시니 그러도록 해볼게요."

그녀는 우리 가족이 여러 모로 자기에게 신세를 지고 있다고 암시하는 데 아주 수완이 뛰어났다! 대체 부모님 머리를 어떻게 했길래 저렇게 어리숙해졌을까? 나는 어이가 없어 그저 멀거니 바라보기만 했다. 자신들이 계속해서 나를 버리고 있다는 사실을 두 분은 알고나 있을까? 나에 대한 애정이 저다지도 빈약한 것이었단 말인가?

하지만 살아오면서 지금껏 나는 한 번도 문제를 일으킨 적이 없지 않은가. 16년 동안 내 문제로 불평을 늘어놓은 사람이 없었고, 왜 낳았느냐고 내가 두 분을 원망한 적도 없었다. 삶이라는 게 무엇 때문에 살아야 할 가치가 있는 건지 지금까지도 모르겠지만 말이다.

문득, 탕자 우화가 떠올랐다. 그리스도의 말을 들어봐도 부모들은 행실이 바르지 못한 아이를 더 예뻐했다. 하물며 크리스타의 말을 들으면 오죽하랴. 어쩌면 그리스도와 크리스타 모두 그들의 교회를 위해 복음을 전파하는 것인지도 모른다. 그들은 탕자요, 나는 주의를 끌 재간을 타고나지 못한 가련한 착한 자식이었다. 소란을 일으키거나, 가출을 하거나, 무례한 짓을 하거나, 욕설을 퍼붓거나 해서 부모의 주의를 끌지 못하는 자식. 아버지와 어머니의 사랑을 받아 마땅함에도 말이다.

모사꾼이 약속을 지켰다. 나를 파티에 데려간 것이다. 단과대에서 주최하는 파티가 거의 저녁마다 열렸다. 장소가 얼마나 불결했던지, 대체 그곳이 파티를 위한 장소인지 아니면 낡은 타이어를 모아두기 위한 장소인지 모를 지경이었다.

11월이라 청바지를 입었더니 추워서 몸이 떨렸다. 소음이 끔찍했다. 스피커가 쏟아내고 있는 건 형벌이었다. 담배 연기 속에서 질식하든지 아니면 활짝 열린 문 옆에서 폐렴에 걸리든지 선택을 해야만 했다. 조야한 조명 때문에 사람들도 한층 더 추해 보였다.

"형편없네, 여기."

크리스타가 말했다.

"나도 그렇게 생각해. 갈까?"

"아니."

"형편없다며."

"너를 끌어내겠다고 니네 부모님한테 약속했거든."

뭐라고 항의를 하려는데 그녀의 친구들이 보였다. 그들은 호들갑을 떨며 그녀가 있는 곳으로 다가왔다. 언제나 그랬다. 그러더니 함께 어울려 술을 마시고 춤을 추기 시작했다.

도살장에 온 느낌이었다. 하지만 발이 얼어붙는 것 같아 춤을 추는 척했다. 크리스타는 나를 까맣게 잊어버린 것 같았다. 차라리 그게 나았다.

주위를 둘러보니 많은 학생들이 취해 있었다. 나도 취하고 싶었지만 혼자서 술을 마시기가 뭐했다. 움직여보려고 안간힘을 쓰는데도 내 몸은 제자리에서 꼼짝도 하지 않았다. 그렇게 몇 시간이 피곤하게 흘렀다. 아무 가치도 없는 어처구니없는 투쟁이었다.

갑자기 마포자루 형벌이 가죽채찍 형벌로 바뀌었다. 슬로우 음악으로 바뀐 것이다. 남자들이 여자들에게 달려들었다. 평범해 보이는 한 남자애가 나를 잡아끌더니 끌어안았다. 이름이 뭔지 물어보았다.

"르노. 너는?"

"블랑슈."

이 정도 소개면 그 애에게는 충분한 것 같아 보였다. 잠시 후 낯선 입술이 내 입술 위로 포개졌다. 참으로 이상한 풍습이다 싶었지만 키스를 해본 적이 없었기에 나는 그걸 분석해 보기로 마음먹었다.

야릇했다. 낯선 혀가 네스 호의 괴물처럼 내 입천장에서 꾸물거렸다. 남자의 팔은 내 등을 더듬고 있었다. 누군가의 방문을 받는다는 느낌은 놀라운 것이었다.

방문은 길었다. 그 맛을 나도 조금 알 듯했다.

누군가의 팔이 내 어깨를 쥐더니 포옹에서 나를 떼어놓았다. 크리스타였다.

"늦었어. 그만 가자."

그녀가 말했다.

르노는 고개를 까딱 하며 내게 작별인사를 했고, 나도 그에 답했다.

그곳을 떠나면서 여기저기 시멘트 바닥에 뒹굴며 남자애들과 여자애들이 꽤 진한 애무를 나누고 있는 광경을 보았다. 크리스타가 나를 찾아오지 않았더라면 내게도 저런 일이 일어났을까? 알 수 없었다.

내 안에서 무슨 일이 일어난 건 분명했다. 진짜 흥분된 감정을 느낀 것이다. 황홀경에 빠진 우스꽝스러운 꼴이 되었다. 열여섯 살 여자애가 첫 키스를 받은 우스꽝스러운 꼴 말이다. 유치찬란한 짓이지만 해볼 만한 가치는 있었다.

나는 아무 말도 하지 않았다. 이 사건을 빠짐없이 지켜본 크리스타는 나를 힐끔힐끔 쳐다보며 동요된 내 꼴이 우습기 짝이 없다고 생각하는 눈치였다. 그녀 생각이 맞긴 했지만 그냥 아무 말도 말았으면 했다. 누구에게나 자기만의 보잘것없는 작은 행복을 누릴 권리가 있으니까.
마침내 나는 내 몫의 보잘것없는 행복을 맛보고 있었는
데, 그 기쁨이란 참으로 빈약한 것이어서 한 마디 말에도
무너질 수 있었다.

안타깝게도 크리스타는 내가 바라는 침묵을 지켜주지
않았다. 그녀가 내뱉듯 말했다.

"학생들 파티란 정말이지 구세군 같지 뭐야! 아무도 원
하지 않는 재고품들까지 찾는 사람이 있으니 말이야!"

그러고는 화들짝 웃는다.

나는 경악해서 그녀를 쳐다보았다. 그녀가 내 눈을 똑
바로 쳐다보았다. 나를 모욕하고 즐거워하는 게 보였다.
그녀의 웃음소리가 한층 더 높아졌다.

한 가지 생각이 뇌리를 스쳤다. '저 애의 이름은 크리스
타가 아니야! 앙테크리스타(Antéchrista, 종말 직전에 나타나
혹세무민한다는 사이비 그리스도 앙테크리스트 Antéchrist를 연상
시키는 이름 : 옮긴이)야!'

이날 밤, 앙테크리스타가 예전에 내 것이던 침대에서
잠을 자는 동안 나는 온통 뒤죽박죽이 된 혼란스런 생각

들을 정리해보려 애썼다. 내 머릿속에서는 대혼란이 일고 있었다.

'내가 가진 보잘것없는 것을 내게서 빼앗는 것으로는 성에 차지 않나봐. 내가 송두리째 썩어 문드러져야 하나봐! 내 약점을 알고서 일부러 그걸 이용하고 있잖아. 남에게 상처를 주면서 즐기고 있어. 나를 희생양으로 선택한 거야. 나는 저에게 좋은 것만 주는데, 저 애는 나한테 나쁜 것만 주고 있어. 끝이 좋지 못할 거야. 앙테크리스타, 내 말 듣고 있지. 넌 악이야. 용을 물리치듯 난 널 물리치고 말 거야!'

잠시 후에는 이런 소리가 들렸다.

'헛소리 그만 해. 넌 과민반응하고 있어. 걔가 널 조금 놀리긴 했지만 그다지 심각한 건 아니었어. 네가 우정을 좀 안다면 걔 행동을 보통으로 여겼을 거야. 게다가 널 파티에 데려간 것도 그 애라는 사실을 잊지 마. 걔가 없었더라면 넌 죽었다 깨어나도 파티 같은 데 갈 용기를 내지 못했을걸. 그리고 거기서 있었던 일도 기분 좋았잖아. 못된 계집애이긴 해. 그렇지만 네게 세상 사는 법을 가르쳐 주고 있어. 네가 원하건 원치 않건 네게는 걔가 필요해.'

금세 반격이 이어졌다.

'넌 적에게 휘둘리고 있는 거야. 언제나 적을 위해 변명거리를 찾고 있잖아. 대체 얼마나 당해야 대응을 할 거야? 네가 널 존중하지 않는데 그 애가 널 존중하지 않는 건 당연해!'

논쟁은 끝없이 이어졌다.

'그래서? 사과라도 받겠다는 거야? 거 참, 고상도 해보이겠다! 차라리 그 애 때문에 상처받지 않은 것처럼 구는 게 덜 바보 같아 보일걸. 무시해 버려! 피해망상에 빠지지 말고!'

'비겁해! 비겁함을 감추려고 온갖 소리를 다 하는군.'

'네 생각은 현실적이지 못해. 크리스타는 악마가 아니야. 걔는 좋은 면도 나쁜 면도 다 가지고 있어. 불쑥 네 세계에 끼어든 걔를 쫓아내기란 힘들어. 한 가지만큼은 너도 부인할 수 없을 거야. 걔가 세상살이를 안다는 것 말이야. 걔는 생활력이 강하지만 넌 그렇지 못해. 삶의 방향으로 가야지, 그 반대로 가서는 안 돼. 네가 괴로워하는 것은 삶을 거부하고 있기 때문이야. 경계를 풀어. 마음을 트고 받아들이면 괴롭지 않을 거야.'

이런 마음 속 투쟁에서 도무지 헤어날 수가 없어서 나는 억지로 다른 것을 생각하려고 애썼다. 나는 낯선 남자애의 키스를 생각했다. 내가 키스를 받다니 믿기 힘든 일 아닌가? 그러니까 그 애는 내가 비정상이라는 사실을 눈치채지 못했단 뜻이 아닌가! 나의 비정상적인 면이 눈에 띄지 않을 수도 있다는 의미다. 중대한 사실이다.

르노의 얼굴을 떠올리려고 애써보았다. 하나도 기억해낼 수가 없었다. 로맨틱한 구석이라곤 하나도 없는 가볍디가벼운 연애였지만 상관없었다. 나는 그 이상을 바라지 않았다.

이튿날, 크리스타가 부모님에게 떠벌렸다.

"어제 파티에서 블랑슈가 첫키스를 받았어요!"

두 사람은 믿을 수 없다는 듯이 나를 쳐다보았다. 나는 화가 나서 아무 말도 하지 않았다.

"정말이니, 크리스타?"

엄마가 물었다.

"제가 봤다니까요!"

"남자애는 어떤 애냐?"

아버지가 물었다.

나는 짤막하게 대답했다.

"그냥 평범한 애예요."

"그저 그런 애예요."

크리스타가 덧붙였다.

"잘됐구나."

대견스런 자식이라도 대하듯 엄마가 말했다.

"그래, 블랑슈한테는 잘된 거야."

아버지도 동의했다.

그들은 셋이서 활짝 웃었다. 어쩜 저리들 행복하실까!

순간, 내 머릿속에서는 사회면의 신문기사 하나가 떠올랐다. 〈16세 소녀가 부모와 친구를 살해했으나 살해 이유를 한사코 밝히지 않고 있다.〉

"그래 어땠어? 좋았어?"

엄마가 물었다.

나는 대답했다.

"엄마랑 상관없는 일이에요."

"아가씨께서 비밀로 간직하고 싶은가봐요."

크리스타가 해설을 달았다.

또다시 화들짝 웃는 세 사람.

"어쨌든 크리스타에게 고마워해. 그런 일이 생긴 것도 다 크리스타 덕이니까."

나를 태어나게 한 창조주께서 말씀하셨다.

머릿속에서 다시 두 줄 신문기사가 떠올랐다. 〈16세 소녀가 절친한 친구를 살해한 뒤, 그 사체를 요리해서 먹여 부모를 독살했다.〉

앙테크리스타와 단둘이 있게 되자 나도 모르게 쌀쌀맞게 말이 튀어나왔다.

"우리 부모님한테 안 할 얘기는 하지 말았으면 해."

"아이고 무서워라……"

"진담이야! 그게 싫다면 다른 데로 가든지."

"진정해. 다시는 말 안 할 테니."

그녀는 놀란 얼굴을 하더니 입을 다물었다.

이 일로 나는 얼떨떨한 승리감을 맛보았다. 왜 진작에 그녀에게 이런 식으로 말하지 않았을까? 아마도 이성을 잃고 화를 내는 게 싫어서였을 것이다. 그런데, 화를 내지 않고도 그녀를 꼼짝 못하게 할 수 있다는 게 좀전에 입증

되지 않았는가. 이 승리를 기억해두었다가 다시 써먹어야겠다.

　이 영웅적 사건은 며칠 동안 내게 힘을 주었다. 수업시간에나 집에서 나는 침입자를 거만하게 무시했다. 몰래 그녀를 지켜보는 건 이런 의문이 들 때였다. '크리스타가 예쁜 건가 못생긴 건가?'

　전혀 그럴 것 같지 않았는데 막상 생각해보니 도무지 답을 알 수 없는 지독한 의문이었다. 대개 누군가가 잘생겼는지 못생겼는지를 결정하려면 오래 생각할 필요가 없다. 이러한 문제는 굳이 말로 표현하지 않아도 알 수 있는 것이며, 게다가 어느 한 사람의 신비의 열쇠가 거기에 있는 것도 아니다. 외모란 그저 하나의 수수께끼에 지나지 않으며, 유달리 까다로운 수수께끼도 아니다.

　하지만 크리스타의 경우는 달랐다. 그녀가 멋진 몸매를 가진 것은 사실이지만 얼굴에 대해서는 그렇게 말하기가 힘들었다. 처음에는 그녀가 너무도 눈부시다는 인상을 주기 때문에 눈곱만치도 의혹이 들 수 없었다. 그녀가 세상에서 가장 아름다운 여자라는 건 명명백백한 일이었다. 그녀의 눈은 이루 형용할 수 없이 반짝였으며, 미소가 뽐내듯 입가에 걸렸고, 야릇한 광채가 몸에서 뿜어져 나왔으며, 온 인류가 그녀를 보고 사랑에 빠졌으니까. 그 정도로 매력적인 사람을 두고 잘생기지 않았으리라 상상할 사람은 아무도 없다.

지금의 나만 예외였다. 크리스타가 어느 날 내게 드러내 보여준 비밀은 오직 나에게만 주어진 권리였다. 앙테크리스타의 얼굴 말이다. 그것은 나를 대수롭잖게 여기기에 잘 보이려고 애쓰지 않는 얼굴이었다. 나랑 둘만 있을 때 그녀는 알아보기 힘들 정도로 전혀 다른 얼굴이 되었다. 공허한 그녀의 시선은 빛 바랜 눈의 천박함을 감추지 못했고, 불만에 찬 입은 무의미한 표정을 드러냈다. 광채를 잃은 그녀의 자태는 얼굴의 선들이 얼마나 무거우며, 목선은 또 얼마나 품위 없으며, 얼굴 모양이 얼마나 섬세하지 못한지 드러냈으며, 또한 좁은 이마는 그녀의 미모와 정신의 한계를 드러내 보였다.

사실, 그녀는 나와 함께 있으면 늙은 마누라가 남편 대하듯 굴었다. 다른 사람들 앞에서는 보기좋게 굽슬거리는 머리를 하고 예쁜 옷을 입은 채 고양이 같은 표정을 지으면서, 남편 앞에서는 머리에 클립을 만 채 너저분한 잠옷 차림으로 얼굴을 찌푸리고서 거리낌 없이 돌아다니는 마누라 말이다. 그나마 오랜 세월을 같이 살아온 남편이라면 마누라가 상냥한 얼굴로 그의 관심을 끌려고 애쓰던 옛 시절을 떠올리며 위안이나 삼을 텐데 하는 씁쓸한 생각이 들었다. 나는 고작해야 두 번의 짧은 미소를 받은 게 전부였다. 나 같은 멍청이한테 무엇 하러 그런 애를 쓰겠는가?

제삼자가 나타나면 변신은 눈 깜짝할 새 이루어졌다. 참으로 놀라운 구경거리였다. 금세 눈에서 빛이 나고, 입가가 올라갔으며, 표정이 밝아지면서 가벼워졌다. 앙테크리스타의 얼굴은 어느새 자취를 감추고, 대신 그윽하고 신선하며 마음을 다 내어줄 것 같은 청순한 처녀, 이제 막 봉오리를 피우기 시작한 숫처녀의 얼굴이 등장하는 것이다. 영악하면서도 연약한, 인간의 추악함을 대신해 위로받고자 인류 문명이 고안해낸 이상적인 얼굴이 말이다.

이런 방정식이 성립했다. 크리스타는 앙테크리스타가 흉측한 만큼 예뻤다. 흉측하다는 형용사는 조금도 과장된 것이 아니다. 내게만 보여지는 멸시의 가면은 흉측했다. 그 가면의 의미가 흉측했다. 너는 아무것도 아니야, 넌 나랑 격이 맞지 않는 애야. 네가 나를 돋보이게 하는 데 소용되는 걸 행복하게 생각해. 넌 내 발깔개에 불과해.

그녀의 영혼 속에는 크리스타에서 앙테크리스타로 바뀌게 해주는 스위치가 있는 게 틀림없었다. 그 스위치에는 중간 위치가 없었다. 온(on) 상태의 그녀와 오프(off) 상태의 그녀 사이에 공통분모는 있는지 궁금했다.

주말은 해방의 시간이었다. 나는 매주 돌아오는 이 성스런 시간을 기다리며 지냈다. 금요일 저녁, 침입자가 말메디로 돌아가는 시간을.

나는 다시금 내 것이 된 침대에 누웠다. 지상 최고의 호사를 다시 발견했다. 혼자만의 방을 갖는 호사 말이다. 완벽한 평화를 누리는 장소. 플로베르가 늘상 누군가에게 떠들어대야 했던 것처럼, 나는 몽상할 장소 없이는 살 수가 없었다. 내게는 아무것도 없고 아무도 없는 방, 정신이 하염없이 헤매고 다녀도 방해될 장애물이 없는 곳, 창문만이 유일한 장식인 방이 필요했다. 방에 창문이 있다는 건 나만의 하늘을 가졌다는 것. 더 이상 뭘 바라겠는가?

나는 침대를(크리스타가 차지한 침대 말이다) 하늘을 볼 수 있는 곳에 놓아두었다. 고개를 비스듬히 기울인 채 몇 시간이고 그곳에 누워 내 몫의 구름과 하늘을 바라보았다. 내 잠자리를 앗아간 침입자는 창문 쪽을 보는 법이 없었다. 쓰지도 않을 거면서 내게서 가장 소중한 재산을 앗아갔던 것이다.

내가 박탈당한 것들이 지닌 가치를 크리스타 덕택에 새삼 깨달았다는 사실을 부인한다면 배은망덕한 일일 것이다. 원해서 얻은 고독, 침묵, 마리 로즈나 장 미셸에 대한 얘기를 듣지 않고 오후 내내 책을 읽을 권리, 소음의 부재를 듣는 황홀감, 그리고 무엇보다 독일 록 음악의 부재가 지닌 가치 말이다.

이 점에 대해서만큼은 그녀에게 빚지고 있음을 기꺼이 인정한다. 하지만 이제 수련기간이 끝났으니 그만 크리스타도 떠나야 하지 않을까? 배운 것을 절대 잊지 않겠다고 다짐까지 했는데.

금요일 저녁에서 일요일 저녁까지 나는 화장실이나 부엌에 기습적으로 다녀오는 일 외에는 방을 떠나지 않았다. 부엌에서는 거의 머무르지 않았다. 간편하게 먹을 수 있는 음식을 침대로 가져왔다. 가능하면 배신자들과 마주치지 않으려고 애썼다. 부모님 말이다.

두 분이 걱정하는 소리가 들리곤 했다. "친구가 없으니까 애가 도무지 살아 있는 것 같지 않네!"

사실 나는 그녀가 없을 때만 살아 있었다. 그녀의 존재가 느껴지면, 꼭 내 곁이 아니더라도 백 미터 반경에서 느껴지기만 해도 시멘트 반죽이 온몸을 뒤덮어 질식할 것 같은 느낌이 들었다. 그녀가 보이건 안 보이건 그건 중요하지 않았다. 아무리 이성적으로 생각해보려 해도 소용 없었다. '욕실에 들어갔으니까 한참 있을 거야. 넌 자유로워. 걔가 없는 거나 마찬가지야.' 하지만 크리스타의 영향력은 논리보다 강했다.

"프랑스어에서 네가 가장 좋아하는 단어가 뭐니?"

어느 날 그녀가 불쑥 물었다.

크리스타의 질문은 언제나 가짜 질문이었다. 오직 내가 되물어주기를 바라는 목적에서 묻는 질문이었다. 질문은 끝없는 자화자찬의 수단일 뿐이었다.

내 대답은 듣지도 않을 것임을 알면서도 나는 순순히 말했다.

"아르셰. 너는?"

"에키테(Equité : 공평성 : 옮긴이)."

음절을 하나하나 끊어가며 그녀가 말했다. 마치 대단한 무언가를 발견한 사람처럼.

"거봐, 우리 둘의 선택이 얼마나 다른지. 넌 그저 그 말이 좋아서 선택한 것이고, 혜택받지 못한 환경에서 태어난 내가 선택한 것은 참여의 가치를 지닌 개념이잖아."

"물론 그렇겠지."

내가 안 참았더라면 침입자 넌 벌써 이 세상에 없을 거야, 라는 생각을 하며 내가 말했다.

적어도 한 가지 점에서만큼은 내 생각과 그녀의 생각이 일치했다. 우리 둘의 선택이 말해주는 바가 크다는 것. 그녀의 선택에서는 선의가 뚝뚝 흘렀다. 거기에선 언어에 대한 사랑이라곤 찾아볼 수 없고, 자신의 가치를 높이려는 광적인 욕구만 보였다.

나는 크리스타가 '아르셰(archée)' 라는 단어의 의미를 모른다는 걸 눈치챌 수 있었다. 그녀를 그 정도는 알고 있었으니까. 하지만 그 의미를 내게 묻느니 차라리 죽음을 택할 그녀였다. 아르셰(archée)는, 다리가 미치는 거리를 보폭이라 하듯, 화살이 미치는 사정거리를 말한다. 이 말만큼 나를 꿈꾸게 하는 말도 없다. 이 말에는 끊어질 정도로 팽팽하게 시위가 당겨진 활과 화살, 그리고 무엇보다 시위가 당겨지는 숭고한 순간, 쏘아진 화살이 솟구쳐 날아가는 순간, 무한을 향한 지향, 그리고 활의 욕망이 제아무리 강렬하다 해도 화살이 날아갈 수 있는 거리에는 끝이 있기 마련이기에 받아들일 수밖에 없는 의연한 실패, 한참 날다 멈춰버리는 활기찬 추진력 등이 내포되어 있었다. 따라서 '아르셰'는 멋진 비약이요, 탄생에서부터 죽음까지를 내포하고 있으며, 한순간에 불타버리는 순수한 에너지라고 할 수 있다.

나는 '크리스테(christée)'라는 말을 지어냈다. 크리스타의 사정권. 크리스테는 크리스타의 독이 미치는 반경을 의미했다. 크리스테는 몇 아르셰만큼이나 방대했다. 크리스테보다 훨씬 넓은 개념도 있다. 앙테크리스테다. 그것은 내가 일주일에 닷새를 그 속에서 생활하는 저주스런 반경, 지수함수의 원주다. 앙테크리스타는 눈에 띄게 빠른 속도로 영역을 넓혀가고 있었으니까. 내 방, 내 침대, 나의 부모, 그리고 내 영혼까지 차곡차곡 점령해갔으니까.

일요일 저녁, 다시금 굴레가 씌워졌다. 아버지와 어머니는 호들갑스럽게 '우리가 그토록 보고 싶어 하던' 그녀를 맞이했고, 나는 모든 걸 몰수당했다.

불을 끌 시간이 되면 두 가지 가능성이 있었다. 크리스타가 지쳤다는 듯이 나를 쳐다보며 짜증난다는 투로 "됐어, 너한테 모든 걸 다 얘기할 필요는 없잖아."라고 하든가(난 아무것도 요구한 적이 없는데 말이다), 아니면 더 나쁜 경우인데, 나한테 모든 걸 다 이야기하든가(이 경우 역시 더 해달라고 요구한 적이 없는데 말이다).

두번째 경우, 그녀가 일하는 말메디 바에 대해서나, 나로서는 눈곱만큼도 관심 없는 장 미셸이니 컨터니 혹은 다른 손님들과 나눈 시시콜콜한 이야기를 끝도 없이 들어야 할 권리가 내게 주어졌다.

그녀의 이야기는 내가 남몰래 관심을 두고 있던 주제에 관한 것일 때만 흥미로웠다. 데틀레브 말이다. 열여덟 살의 데이빗 보위처럼 상상되는 그 남자애를 나는 거의 신화 속 인물처럼 생각했다. 얼마나 잘생겼을까? 틀림없이 이상적인 남자일 거야. 오직 그런 남자라야 사랑에 빠질 수 있을 것 같았다.

난 크리스타에게 데틀레브의 사진을 보여달라고 했다.

"갖고 있는 게 없어. 유치하게 사진 같은 걸 찾고 그러니."

그녀가 대답했다.

좋아하는 스타들의 포스터로 내 방 벽을 도배하다시피 한 여자애의 입에서 나온 말치고는 야릇했다. 데틀레브를 혼자만 알고 싶은 거겠지.

그런데 그녀가 하는 말을 들어 보면 그다지 그를 독차지하려는 것 같지는 않았다. 오히려 그에 대해 잘못 말하는 것 같았다. 얼마나 신성한 주제인지 깨닫지 못하고 말하는 듯했다. 두 사람이 몇 시에 일어났으며, 무엇을 먹었는지까지 시시콜콜히 이야기하곤 했다. 그녀는 데틀레브에게 어울리지 않았다.

그 후 크리스타는 나를 학생 파티에 자주 데려갔다. 그런 파티들은 언제나 같은 방식으로 진행되었고, 기적은 매번 일어났다. 그렇고 그런 평범한 누군가가 나를 원했던 것이다.

키스 단계를 넘어서는 법은 없었다. 사태가 심각해지려고 하면 크리스타가 와서 갈 시간이라고 말했고 나는 더 이상 군말하지 않았다. 전제적인 그녀의 태도가 오히려 도움이 되었다고 해야 할 것이다. 사실 나는 내가 그 이상의 단계로 넘어서길 원하는지조차 알지 못했다. 몸 속만큼이나 머릿속도 혼란스러웠다.

하지만 입맞춤만큼은 언제든지 할 뜻이 있었다. 입맞춤은 나를 매료시켰다. 서로 말을 하지 못하게 만들면서도 타인을 독특한 방식으로 알게 하는 접촉이 나는 신비하기만 했다.

모두 키스가 서툴렀지만 저마다 다르게 서툴렀다. 나는 그들이 서툴게 키스를 하는 건지도 알지 못했다. 키스를 하고 나면 비 맞은 것처럼 코가 젖어 있다거나, 과음했을 때처럼 입이 말라 있는 게 정상인 줄만 알았다. 키스 나라에서 원주민의 관습 따위는 내게 전혀 충격적이지 않았다.

머릿속 수첩에다 나는 이름들을 적어나갔다. 르노—알랭—마르크—피에르—티에리—디디에—미구엘…… 내가 중대한 결함이 있다는 핸디캡 때문에 괴로워한다는 걸 알아차리지 못한 남자애들을 적은 유익한 명단이었다. 그들 가운데 어느 누구도 나를 전혀 기억하지 못하리라고 나는 확신한다. 하지만 그들의 존재가 내게 어떤 의미였는지 그들은 짐작도 못할 것이다! 그들 한 사람 한 사람은 비록 시시하고 별 의미 없는 키스지만 그 키스를 함으로써 내게도 가능성이 있다고 믿게 해주었다.

그들이 매너가 좋다거나 다정하다거나 각별한 관심을 보인다거나 친절해서가 아니었다. 그들 가운데 한 사람에게 — 그게 누구였더라? 너무도 그 애가 그 애 같아서 — 머릿속에서 맴돌던 질문을 한 적이 있었다.

"왜 나한테 키스를 하는 거지?"

그는 어깨를 으쓱하며 대답했다.

"네가 다른 여자애들보다 못생기지 않아서."

이 천박한 말에 따귀를 올려붙였을 여자가 한둘이 아닐 것이다. 하지만 이 말이 내게는 환상적인 찬사처럼 들렸다. "다른 여자애들보다 못생기지 않아서." 이 말이 내게는 꿈속에서 듣고 싶은 그 어떤 찬사보다 나았다.

"너는 정말이지 세상에서 제일 형편없는 연애를 하고 있어."

어느 날 파티를 마치고 돌아오는 길에 크리스타가 말했다.

"그래."

고분고분하게 내가 대답했다.

머릿속으로는 정반대의 생각을 했다. 당치 않은 나의 콤플렉스들을 생각하면 내게 일어난 일은 믿기 힘든 것이었다. 자정에 무도회장을 떠나던 신데렐라도 나만큼 감동받지는 못했을 것이다. 나는 기쁨으로 충만했다.

기쁨을 감추려고 해도 소용없었다. 크리스타는 그것을 감지하고 파괴하려고 들었다.

"사실, 넌 너무 헤퍼. 어떤 남자든지 거절하는 걸 못 봤으니까."

그녀가 말했다.

"내가 그 애들하고 뭘 하건!"

내가 제대로 꼬집어 말했다.

"어떻게 그 정도로 형편없는 것에 만족할 수가 있니?"

내게는 그 정도만으로도 굉장한 거라고는 차마 말할 수

없었다. 그래서 말했다.

"어쩌면 내가 헤픈 여자가 아니기 때문인지도 모르지."

"아냐, 넌 헤픈 여자가 맞아. 넌 어려운 여자 역은 할 수도 없어."

"어째서?"

"그런다면 네겐 아무도 없을 테니까."

어째서 저렇게도 나를 모욕하고 싶어하는지 그저 놀랍기만 했다.

"언젠가는 너도 걸음을 내디뎌야 할 걸. 열여섯 살인데도 여전히 처녀라니, 부끄럽지도 않니!"

적어도 내가 말할 수 있는 것은 나에 대한 크리스타의 태도가 모순적이라는 것이다. 사태가 심각해지려 할 때마다 나를 남자애들의 품에서 끌어낸 것은 언제나 그녀였다. 그런데도 기회만 생기면 그녀는 내가 처녀라는 사실을 걸고넘어졌다. 나는 나 자신을 변호할 수가 없었다. 내가 무얼 원하는지 알지 못했기 때문이다. 크리스타가 없었더라면 난 받아들였을까 아닐까? 도무지 머릿속이 캄캄하기만 했다.

욕망이 없었던 것은 아니다. 나는 하늘만큼이나 거대한

욕망을 느꼈다. 하지만 무엇에 대한 욕망인가? 짐작조차
할 수 없었다. 남자애들과 육체적 사랑을 나누는 행위를
상상해보곤 했다. 내가 원하는 게 그것일까? 그걸 어떻게
알 수 있지? 나는 마치 색채의 나라에 떨어진 장님 같았
다. 어쩌면 그 알 수 없는 행위들에 대해 그저 호기심이
동했던 건 아닐까?

"내 경우를 네 경우와 비교할 순 없지. 네겐 데틀레브가
있잖아."

내가 한 마디 쏘아붙였다.

"너도 나처럼 진지한 애를 찾아봐. 아무나하고 노닥거
리지 말고."

진지한 애라. 웃기고 있네. 차라리 백마 탄 왕자나 찾아
보라고 하시지? 게다가 아무나면 어때? 그렇고 그런 아무
나가 난 좋더라. 나 역시 그렇고 그런 아무나인걸.

내가 속으로 이런 생각을 되새기고 있다는 걸 눈치 챘
는지 그녀가 말했다.

"내 말 듣고 있는 거야, 블랑슈?"

"그래. 충고 고마워. 크리스타."

그녀는 고맙다는 내 말이 상황에 어울리지 않는다는 것

도 모르는 눈치였다. 침입자 앞에서 내가 취할 수 있는 태도는 오직 절대적 복종뿐이었다. 다행히 나는 속까지 납작 엎드리지는 않았다. 앙테크리스타의 빈정거림도 아무나의 키스를 받은 나의 도취를 손상시키지는 못했다. 보잘것없는 나의 행복은 철옹성이었다.

그녀는 적어도 나의 행동에 대해 부모님에게 고자질하지는 않았다. 그것이 내가 얻어낸 유일한 승리였다.

때로는 크리스타를 좋아하지 않는 내가 원망스럽기도 했다. 대학에서 내가 존재하게 된 것은 어쨌든 그녀 덕이었다. 대부분의 학생들은 여전히 내 이름은 알지 못한 채 나를 '크리스타의 친구'라거나 '크리스타의 단짝'이라 불렀다. 전혀 모르는 것보다는 나았다. 내게 정체성 비슷한 것이 생기고 나니 때로는 사람들이 내게 말을 걸기도 했다.

"너 크리스타 봤니?"

나는 앙테크리스타의 위성이었다.

나는 배반을 꿈꾸었다. 수업 중에 나만큼 따돌림받는 여자애가 있는지 찾아보았다.

사빈이라는 아이가 적당해 보였다. 그녀가 어떤 앤지 알 것 같았다. 그 애는 너무도 불안해 보여 언제나 혼자였다. 아무도 그 애의 불안을 나누고 싶어하지 않았다. 그 애는 굶주린 고양이처럼 애걸하는 얼굴로 아이들을 바라보곤 했다. 하지만 아무도 그녀를 보지 못했다. 진작에 그녀에게 말을 건네지 않은 나 자신이 원망스러웠다.

사실, 사빈이나 나 같은 사람들에게도 잘못은 있다. 우리 같은 부류는 자신과 비슷한 사람들에게 다가가서 서로를 위로하기보다는 자기 능력 밖의 사람을 좋아한다. 우리는 우리가 안고 있는 콤플렉스와 거리가 먼 사람들을 필요로 했다. 매력적이고 눈부시게 빛나는 크리스타 같은 사람들을 필요로 했다. 그러다 우정이 제대로 유지되지 않으면 우리는 소스라치게 놀랐다. 표범과 생쥐, 상어와 정어리 사이의 우정이 어찌 잘되기를 바랐는지.

나는 내 역량에 걸맞는 우정을 맺기로 마음먹었다. 생쥐가 정어리에게 다가가 말을 걸었다.

"안녕, 사빈. 지난 시간에 필기한 것 있니? 못 적은 게 있어서."

그 애는 눈을 휘둥그레 뜨고 송사리처럼 겁에 질린 얼

굴을 했다. 내 말을 잘 못 들었나 싶어 다시 한 번 물었다. 그 애는 거절의 표시로 머리를 사정없이 저었다. 나는 고집스레 물고늘어졌다.

"너 어제 수업 들어왔잖아. 내가 봤는걸."

사빈은 거의 울 지경이 되었다. 정말 내가 그 애를 보긴 보았던가? 그 애는 도무지 상황을 감당하지 못하는 꼴이었다.

접근방식이 서툴렀던 것 같았다. 나는 방식을 바꾸었다.

"월모트는 정말 따분하지 않니?"

아무 생각 없이 내뱉은 말이었다. 월모트는 가장 훌륭한 교수 가운데 한 사람이었다. 그저 친근감을 표시하려고 한 말이었다.

사빈은 힘겹게 눈을 감더니 한 손을 가슴에 대었다. 심장박동에 이상이 온 것 같았다. 나는 아무도 그녀에게 말을 걸지 않는 것이 그녀를 생각해서가 아닌가 하는 의문이 들기 시작했다.

그녀를 돕겠다는 어리석은 생각으로 내가 말했다.

"괜찮니? 어디 아파?"

겁에 질려 아가미를 허덕이던 정어리가 간신히 힘을 내어 신음하듯 말했다.

"나한테서 뭘 원하는 거야? 날 좀 내버려둬."

열두 살 아이가 징징대는 듯한 처량한 목소리였다. 성난 그녀의 눈은 내가 계속해서 폭력을 행사한다면 비상수단이라도 동원하겠노라고 경고하고 있었다. 꼬리지느러미를 마구 흔들어 물을 흐려놓을 것이며, 끝까지 보복할 태세였다.

나는 당황한 채 물러났다. 작은 동물들 사이의 우정을 보기 힘든 데는 다 그럴 만한 이유가 있었다. 사빈을 나의 분신으로 보았던 내 생각이 틀렸다. 그녀는 분명 애원하고 있었지만 사람들이 다가오기를 애원하는 것이 아니라 다가오지 않기를 애원하고 있었다. 사소한 접촉조차도 그녀에게는 고문이었다.

'저런데 어떻게 정치학을 할 생각을 했을까. 차라리 수도원에나 들어가는 게 낫겠다.' 이런 생각을 하는 순간, 크리스타가 깔깔거리며 나를 바라보고 있는 게 보였다. 나의 배반 시도를 하나도 빼놓지 않고 지켜본 것이다. 그녀의 눈은 내가 그녀 없이 지낼 수 있을 것이라 상상도 하지 말라고 말하고 있었다.

12월, 중간고사가 있었다. 새 명령이 떨어졌다. "웃는 건 끝. 이제부턴 공부야!" 지금까지도 난 웃지 않았던 것 같은데.

크리스타는 잘난 체할 기회를 놓치는 법이 없었다. 철학 강의실은 그녀에게 베르뒤랭 부인(프루스트의 『잃어버린 시간을 찾아서』에 등장하는 인물로, 사교모임을 주선하며 예술에 대한 심미안을 가진 것처럼 비치려고 애쓰는 속물이다 : 옮긴이)의 사교살롱 같은 것이었다. 그 수업에서 그녀는 보란 듯이 우쭐댔다. 칸트 철학은 우리 같은 애들보다는 자기를 위한 것임을 보여주려는 듯했다.

그녀는 뻔뻔스럽게도 이렇게 떠벌렸다.

"철학은 내 조국이야."

나는 그 말을 말 그대로 받아들였다. 어쨌든 그녀는 독일어를 하지 않는가. 독일어를 아는 건 분명 쇼펜하우어와 헤겔의 세계를 직접 접하는 가장 좋은 방법이었다. 그녀는 아마도 니체를 독일어 원서로 읽었을 것이다. 물론 한 번도 읽는 걸 본 적은 없었지만 그렇다고 읽지 않았다는 의미는 아니니까. 어떤 실존적 개념을 말하기 위해 그녀가 독일어 단어를 사용할 때는 전율이 느껴졌다. 독일어로 말하니 훨씬 심오한 것 같았다.

시험기간이 좋은 점도 있었다. 크리스타가 방에서 음악을 틀지 않는다는 점이다. 우리는 조용히 시험공부를 했다. 각자 책상을 반씩 차지하고서. 나는 맞은편에서 공부하는 그녀를 힐끔힐끔 쳐다보곤 했다. 골똘히 몰두한 그녀의 모습은 감탄스러웠다. 그에 비해 나는 산만한 것 같았다.

철학 시험 시간이 되었다. 네 시간 동안 치러진 시험을 마치고 나오면서 크리스타가 외쳤다.

"정말 흥미진진했어."

다른 과목 시험은 구두시험이었다. 구두시험에서 크리스타는 나보다 훨씬 좋은 점수를 얻었다. 전혀 놀랄 일이 아니었다. 그녀는 나보다 똑똑했고 말도 잘했으니까.

구두시험에서는 학생이 시험을 마치고 나오기 직전에 교수가 시험점수를 말해주었다. 철학 필기 시험 결과를 알려면 두 주를 기다려야만 했다. 시험 결과가 게시판에 나붙자마자 크리스타가 나를 보내 알아오게 했다. 다른 아이들의 점수까지도 적어오라고 했는데, 과 학생이 모두 80명이나 되었기에 그것은 끔찍한 작업이었다. 그래도 나는 감히 대꾸하지 않았다.

가는 길에 나는 투덜댔다. "자기가 최고라는 걸 저렇게나 꼭 확인하고 싶은가 보지! 정말 유치하다!"

게시판 앞에 이르러 나는 먼저 내 점수부터 보았다. 아스트 : 20점 만점에 18점. 눈이 휘둥그레졌다. 바라던 것보다 높은 점수였다. 크리스타의 이름을 찾았다. 빌덩 : 14점. 푸하, 웃음이 나왔다. 표정이 볼 만하겠네. 나는 맡은 임무를 수행했다. 80명의 점수를 모두 적었다. 그러다 보니 18점이 가장 높은 점수이며, 나 혼자만 그 점수를 받았다는 사실을 알게 되었다.

사실이라 하기엔 너무 멋져 도무지 믿기지 않았다. 뭔가 착오가 있는 게 틀림없었다. 그래, 그게 분명해. 나는 교무과로 달려갔다. 교무과에서는 빌렘 교수 연구실로 가보라고 했다. 나는 달려갔다.

철학교수는 나를 짜증스럽게 맞았다.

"시험 결과에 이의가 있다 이거지."

그가 투덜거리며 말했다.

"네."

"이름이 뭔가?"

"아스트입니다."

빌렘 교수는 명단을 살피더니 말했다.

"아니 간이라도 부었나? 20점 만점에 18점을 받고도 부족하단 말인가?"

"그 반대입니다. 뭔가 착오를 하시고 좋은 점수를 주신 게 아닌가 해서요."

"그런 말을 하려고 날 성가시게 한단 말인가? 자네, 바보인가?"

"그러니까…… 혹시 두 사람의 점수가 바뀐 게 아닌가 해서요. 제 점수와 빌덩 학생의 점수가 바뀐 게 아닌지요?"

"알았네. 정의의 사도께서 찾아오셨구먼."

한숨을 내쉬며 교수가 말했다.

그리고는 커다란 시험지 뭉치를 꺼내 아스트와 빌덩의 것을 들여다보더니 말했다.

"아니, 착오는 없네. 수업시간에 내가 한 말을 그대로 외워서 쓴 것에는 14점을 주고, 독창적인 자기 의견을 쓴 것에는 18점을 준 걸세. 이제 그만 가주게나. 그러지 않으면 시험점수를 바꿔버릴 테니."

나는 뛸 듯이 기쁜 마음으로 그 자리를 도망치듯 빠져나왔다.

기쁨은 오래 가지 못했다. 이 사실을 어떻게 크리스타에게 알리지? 따지고 보면 중대할 것도 없는 소식이었다. 중요한 것은 우리 둘 다 중간 이상은 된다는 사실이다. 그러나 크리스타가 좋아하지 않으리라는 건 짐작할 수 있었다. 문제는 자기 '조국'인 철학 점수였으니까.

나를 보자 그녀가 아무렇지도 않은 듯 시치미를 떼며 물었다.

"어떻게 됐어?"

대답할 엄두가 나지 않아 80명의 점수를 적은 종이를 건넸다. 그녀가 내 손에서 종이를 나꿔챘다. 그걸 읽더니 그녀의 얼굴색이 변했다. 참으로 야릇한 감정이 느껴졌다. 부끄러움이었다. 그녀가 실망하는 걸 보면 즐겁겠지 했는데 오히려 고통이 느껴졌다. 뭐라 위로를 하려는 찰나에 그녀가 말했다.

"이건 채점 체계가 엉터리라는 증거야. 철학에서 내가

최고라는 건 모두가 아는 사실이야. 그리고 네가 깊이가 없다는 것도 모두가 알고."

어처구니가 없었다. 어떻게 저런 말을 할 수 있지?

그때 짓궂은 생각이 떠올랐고 나는 즉각 실행에 옮겼다. 겸손을 가장하고 넌지시 한 마디 던졌다.

"뭔가 착오가 있을 거야. 빌렘 교수가 우리 점수를 바꿨는지도 몰라."

"그럴까?"

"그럴 수도 있을 것 같아……"

"네가 빌렘 교수를 찾아가서 물어봐."

"아냐. 네가 가는 게 좋겠어. 내가 나한테 불리한 항의를 하러 찾아간다는 건 말도 안 돼. 빌렘 교수 성질 알잖아. 화내실 거야."

"음."

그녀는 교수를 보러 갈 거라는 말은 하지 않았다. 이런 사소한 일 따위에는 초연한 척했다.

나는 그녀가 겪게 될 치욕적인 장면을 떠올리고 몰래 웃었다.

두 시간 뒤, 노기등등한 얼굴로 그녀가 날 찾아왔다.

"너, 날 갖고 놀았어!"

"무슨 얘기야?"

"너, 빌렘 교수 방에 이미 들렀다며!"

"그래? 그럼 너도 교수 보러 갔었단 말이야?"

순진한 척 내가 물었다.

"왜 날 골탕먹였어?"

"그게 뭐 그리 중요해? 철학은 네가 최고이고, 내가 깊이가 없다는 건 모두가 아는 사실이고 채점 체계도 엉터리인데. 네가 왜 그 따위 것에 신경 쓰는지 모르겠구나."

"형편없는 계집애!"

그녀는 방문을 꽝 닫고는 가버렸다.

아버지의 목소리가 들렸다.

"무슨 문제라도 있니?"

아버지는 왜 또 끼어든담?

"아무것도 아니에요. 블랑슈가 철학에서 최고 점수를 받았다고 잘난 척이네요."

"저런, 못된 것!"

엄마가 말했다.

그런 말을 듣고 있자니 차라리 귀머거리였으면 싶었다.

중간고사가 끝났다. 이튿날, 크리스타는 크리스마스를 가족들과 보내려고 떠났다. 주소도 전화번호도 남기지 않은 채.

"다시 돌아와야 할 텐데!"

아버지가 한숨을 내쉬며 말했다.

내가 말했다.

"올 거예요. 짐을 반이나 남겨둔 걸요."

엄마가 토를 달았다.

"걔는 그딴 것에는 신경도 쓰지 않아. 너랑 달라. 모든 과목에서 너보다 좋은 점수를 얻었는데도 빼기지 않잖아. 그런데 넌 달랑 철학 하나 가지고 그렇게 잘난 척을 해대니!"

정말이지 충격적인 반응이었다! 하지만 나는 사건의 진상을 설명하려 애쓰지 않았다. 그냥 내가 감수해야 할 것으로 받아들였다. 내가 무슨 말을 하건 부모님은 잘난 크리스타의 손을 들어줄 것이기 때문이다.

앙테크리스타

가 돌아오리라는 걸 난 알고 있었다. 우리를 위해서나 자기 짐 때문이 아니라, 다만 우리를 거덜내는 일에 끝장을 보지 못했기 때문이다. 뼈만 남은 우리에게 앗아갈 게 뭐가 남았는지 나는 알지 못했지만 그녀는 알고 있었다.

그녀가 없이 두 주일이 흘렀다. 그야말로 꿈 같은 생활이었다! 나는 내 발 밑으로 펼쳐지는 긴긴 평화에 황홀해했다.

부모님은 아이들처럼 투덜거렸다.

"축제는 무슨 축제람. 즐거울 게 뭐 있다고. 위르쉴 고모도 찾아뵈어야 하는데!"

나는 부모님을 설득했다.

"가요, 고모할머니는 언제나 남들 듣기 싫은 소리만 하지만 재미있는 분이잖아요!"

"넌 도무지 젊은애 같지가 않구나. 젊은애들은 크리스마스 같은 것 싫어하잖니!"

"잘못 아신 거예요. 크리스타는 좋아하는 걸요. 독일계라 크리스마스를 숭배해요. 이름만 봐도 그 애 축제라 할 수 있잖아요."

"정말 그렇구나! 그런데도 우리는 걔한테 성탄인사도 못하는구나. 그렇게 화가 나서 가버렸으니! 블랑슈, 다음에는 좋은 점수를 받더라도 너무 좋아하지 않도록 해라. 그 애는 불우한 환경에서 태어나서 사회적 콤플렉스를 갖고 있어……"

한결같은 어리석은 소리에 나는 마음으로 귀를 닫았다.

위르쇨 고모할머니는 우리의 유일한 친척이었다. 할머니는 노인들을 위한 고급 시설에서 살고 있었다. 할머니는 그곳에서 일하는 사람들을 성가시게 하거나 시사문제를 이러쿵저러쿵 해설하며 대부분의 시간을 보냈다. 부모님은 일년에 한 번 의무처럼 할머니를 찾아가곤 했다.

"셋 다 어째 꼭 무덤에서 파낸 시체 얼굴을 하고 있냐!"

우리를 맞이하며 노인이 외쳤다.

"크리스타가 없어서 그래요."

이 일에 대한 고모할머니의 반응이 재미있을 것 같아
내가 말했다.

"크리스타가 누군데?"

아버지는 금세라도 눈물이 뚝뚝 떨어질 것 같은 얼굴을
하고서 그 애는 우리랑 함께 살고 있는 멋진 여학생이라
고 말했다.

"네 애인이냐?"

이 말에 엄마가 발끈하고 나섰다. 크리스타는 블랑슈처
럼 열여섯 살이며, 딸이나 다름없는 애라고.

"적어도 집세는 내겠지?"

아버지는 가난한 집 아이라 한푼도 안 받고 재워준다고
고모할머니에게 설명했다.

"약삭빠른 계집애로구먼! 봉을 잡았어!"

"고모, 집이 멀어서 그래요…… 동부에 살거든요……"

"뭐라구? 그럼 독일애란 말이냐? 너희들은 기분 나쁘지
도 않아?"

격렬한 항의가 이어졌다. "지금이 어느 땐데 그런 식으

로 생각하세요, 고모! 세상이 달라진 게 언젠데요, 고모님 젊었을 때 이미 달라졌잖아요! 게다가 지금 동부는 벨기에 땅이랍니다."

나는 속으로 쾌재를 불렀다.

고모할머니 곁을 떠나올 때 부모님은 잔뜩 일그러진 표정이었다.

"크리스타에게 여기 왔던 일에 대해 한 마디도 해서는 안 돼, 알았지?"

물론이죠. 그렇지만 정말 안타깝네요!

이날 저녁이 바로 크리스마스 이브였다. 우리는 신자가 아니었으므로 특별히 아무것도 준비하지 않았다. 그저 포도주를 따끈하게 데워 마셨다. 아버지는 잔에서 올라오는 김을 오래도록 들이마시더니 말했다.

"분명히 그 애도 이걸 마시고 있을 거야."

"맞아요. 이게 독일식이잖아요."

엄마가 거들었다.

이제는 '그 애'가 누군지 밝힐 필요도 없구나 싶었다.

아버지와 어머니는 애지중지하는 물건이라도 되는 듯

손으로 잔을 감싸쥐었다. 그리고는 눈을 감은 채 향기를 들이마셨다. 계피와 정향, 레몬 껍질과 육두구 향 너머로 두 사람이 맡고 있는 것은 크리스타의 향기였다. 두 사람이 눈을 감은 것은 스크린을 통해 보듯 크리스타를 보기 위해서였다. 가족들과 함께 피아노 옆에 서서 크리스마스 캐롤을 부르며 창 밖으로 먼 고향의 눈송이가 떨어지는 걸 보고 있을 그녀를 보기 위해서.

이런 상상이 사실과 부합되는지는 중요하지 않았다. 어떻게 해서 크리스타가 부모님의 영혼을, 그리고 부수적으로 내 영혼까지도 이렇게 사로잡게 되었을까 하는 생각이 들었다.

내가 아무리 그녀를 증오하려 애써도 그녀는 내 머리를 떠나지 않았다. 내 안 곳곳에서 나는 그녀의 존재와 부딪쳤다. 부모님보다 내 경우가 더 나빴다. 두 분은 적어도 자신이 사랑하는 사람에게 사로잡힌 것 아닌가.

내가 그녀를 사랑할 수 있다면 얼마나 좋을까! 그렇다면 고귀한 감정 때문에 이러한 재난이 닥친 것이라 여기고 위안 삼을 수 있었을 테니까 말이다. 사실 나의 증오심은 고귀한 사랑의 감정과 그다지 동떨어진 것이 아니었

다. 나는 크리스타를 사랑하고 싶었다. 은총인지 혹은 파
멸인지 모를 구렁 끄트머리에 서 있노라면 이따금씩은 그
녀를 사랑할 방법을 그 구렁 속에서 발견할 것 같은 느낌
이 들곤 했다. 그런데 무언가가 나로 하여금 그 구렁에 떨
어지는 걸 막았다. 그것이 무엇인지는 알 수 없었다. 비판
력? 통찰력? 아니면 단지 메마른 마음이었을까? 아니면
질투심이었을까?

　나는 크리스타가 되고 싶진 않았지만 그녀처럼 사랑받
고는 싶었다. 누군가의 눈에서 나를 향한 광채가 발하는
걸 볼 수만 있다면 나는 남은 생을 기꺼이 바칠 것이다.
그 누군가가 인간 말짜라도 좋다. 그 사람의 눈에서 나를
위한 광채를, 나약함과 강인함, 포기와 타협을 담은 광채,
절대적 사랑을 위한 행복한 체념의 광채를 볼 수만 있다
면 말이다.

　이렇듯, 그녀가 없는 동안에도 크리스마스의 밤은 앙테
크리스타의 밤이었다.

　그녀는 1월초에 돌아왔다. 부모님이 기뻐하는 모습은
차마 눈뜨고 보기 힘들 지경이었다.

"주현절(아기 예수가 동방박사들을 통해 자신이 메시아임을 드러낸 사건을 기념하는 가톨릭 축일로, 이 날은 케이크를 나눠 먹으며 자기 몫의 케이크에서 작은 인형이 나오는 사람이 왕이나 왕비가 되고, 그 사람이 짝을 정하는 놀이를 한다 : 옮긴이)이잖아요!"

빵집에서 사온 케이크 상자를 내밀며 그녀가 말했다.

부모님은 크리스타의 외투를 받아들었고, 더 예뻐졌다는 찬사를 했고, 뺨에다 뽀뽀를 했다. 이어서 그녀가 없었던 두 주가 얼마나 불행했는지 모른다는 한탄이 이어졌고, 그녀가 가져온 케이크가 금빛 종이 왕관 두 개와 더불어 장중하게 식탁 위에 놓였다.

"어쩜 이렇게 예쁜 생각을 했니! 우리는 한 번도 왕을 뽑을 생각을 못했는데."

엄마가 외쳤다.

그녀가 케이크를 네 조각으로 잘랐다. 우리는 각자 자기 몫을 조심스럽게 먹었다.

"인형이 나한테는 없어요."

마지막 남은 케이크 조각을 삼키며 크리스타가 말했다.

"나한테도 없어."

아버지가 말했다.

"블랑슈인가 봐."

엄마 역시 인형을 찾지 못하고 말했다.

시선이 마지막 조각을 씹고 있는 내게로 쏠렸다.

"아뇨, 나한테도 없어요."

왠지 죄인이 된 듯한 느낌으로 내가 말했다.

"너밖에 될 수 없잖아!"

아버지가 버럭 화를 내며 말했다.

"내가 인형이 안 든 케이크를 샀나?"

크리스타가 놀란 투로 말했다.

"그럴 리가 없어! 블랑슈가 너무 빨리 먹느라 모르고 인형을 삼켜버렸을 거야."

엄마가 흥분해서 말했다.

"내가 너무 빨리 먹는다면 어째서 내가 제일 늦게까지 먹은 거죠?"

"그건 아무 의미도 없는 말이야. 넌 입이 워낙 작잖아! 어쨌든 주의를 했어야지, 안 그래? 크리스타의 갸륵한 정성을 네가 망쳤잖아!"

"정말 희한하네요. 누군가가 인형을 삼켰다면 어째서 그게 나라는 거죠? 엄마일 수도 있고, 아니면 아빠나 크리스타가 될 수도 있잖아요, 안 그래요?"

"크리스타는 섬세해서 인형을 모르고 삼킬 수가 없어!"

엄마가 고함쳤다.

"그럼 나는 투박해서 하루종일 납인형이나 삼키고 있단 말인가요! 내가 그렇다면 그건 부모님에게서 물려받은 거겠지요. 그러니 인형은 아빠나 엄마가 삼켰을 수도 있는 거죠!"

"블랑슈, 바보 같은 말다툼 그만해!"

크리스타가 평화 중재자 같은 말투로 끼어들었다.

"싸움을 시작한 사람이 꼭 나라도 되는 것처럼 말하는구나!"

"크리스타 말이 옳아. 그만하거라, 블랑슈. 별일 아니잖니."

아버지가 말했다.

"어쨌든 우리의 여왕은 크리스타야!"

엄마가 선언했다.

그리고는 왕관을 들어 크리스타의 머리 위에 얹었다.

"정말 너무하시는 거 아니에요! 내가 실수로 인형을 삼켰다고 모두들 생각한다면 왕관은 내가 받아야 하는 거잖아요."

"그래, 내 왕관을 너한테 줄게. 그렇게도 갖고 싶다면 말이야."

눈을 하늘로 치켜뜨고 짜증 섞인 한숨을 내뱉으며 크리스타가 말했다.

엄마는 크리스타의 손목을 잡더니 왕관을 다시 그녀 머리 위에 올려놓았다.

"말도 안 돼, 크리스타. 넌 너무 착해! 네가 여왕이야!"

"그렇지만 블랑슈 말이 맞아요. 정당하지가 못해요!"

나를 옹호하는 척 크리스타가 말했다.

"넌 마음도 넓구나. 블랑슈의 수에 말려들지 마. 어찌나 유별나게 구는지."

아버지가 말했다.

"이걸 시작한 게 엄마라는 사실을 상기시켜도 될까요?"

내가 물었다.

"됐어, 우리 모두가 널 지켜봤어! 너 대체 몇 살이니?"

엄마가 짜증난 투로 내 말을 잘랐다.

사회면 기사 제목 하나가 다시 떠올랐다. 〈16세 소녀, 주현절 케이크 때문에 부모와 절친한 친구를 식칼로 살

해.〉

분위기를 누그러뜨려 보겠다는 헌신적인 태도로 크리스타가 나서며 말했다.

"내가 여왕이니까 왕을 정해야죠. 프랑수아를 선택할래요!"

그러더니 남은 왕관을 아버지 머리에 씌웠다. 아버지는 황홀해 했다.

"고맙구나, 크리스타!"

"정말 뜻밖이네! 선택하느라 힘들었겠어!"

내가 비꼬아 말했다.

"넌 왜 그렇게 삐딱하니!"

크리스타가 말했다.

"신경 쓰지 마. 걔가 얼마나 질투심에 사로잡혀 있는지 보이잖니."

"거 참 이상하네요. 엄마는 크리스타가 있는 자리에서 크리스타 얘기를 할 때는 크리스타라고 하면서, 내가 있는 자리에서 내 얘기를 할 때는 '걔' 라고 하는군요."

"너, 정말 문제 있다."

머리를 가로저으며 아버지가 말했다.

"문제 있는 게 저란 건 확실해요?"

내가 물었다.

"그래."

엄마가 대답했다.

크리스타는 자리에서 일어나더니 한껏 그리스도 같은 얼굴을 하고 내게로 다가와서 웃으며 말했다.

"우리는 널 사랑해, 블랑슈."

부모님은 이 아름다운 그림에 갈채를 보냈다. 나는 살인을 저지르지 않은 것이 후회스러웠다.

휴전 협정이 공식적으로 이루어졌으므로 즉석 파티는 별 탈 없이 이어졌다. 주현절이라는 이름에 너무도 걸맞지 않은 날이었다. 부모님과 나는 자칭 구세주라 주장하는 인물을 구세주로 지목하기 위해 찾아온 세 명의 얼간이들이었다. 가치들이 얼마나 뒤집어졌는지를 확인하자니 소름이 끼쳤다. 그리스도의 역할은 앙테크리스타가 맡았으므로, 검은 동방박사 발타살 역은 단연코 내 것이었다. 내 이름이 블랑슈(프랑스어로 블랑슈는 '희다'는 의미 : 옮긴이)였으니까.

기독교 전통에서 세 명의 동방박사 가운데 한 사람이

흑인인 것은 메시아의 관대함을 드러내기 위함이다. 내 경우도 마찬가지였다. 앙테크리스타는 이류 피조물인 블랑슈로 인해 찬양받았다. 내게 베풀어진 이 숭고한 은총에 감격해 울어야 할 터였지만 나는 우스워 눈물이 날 지경이었다.

봉헌물을 바치는 가스팔과 멜키올은 가히 볼 만했다. 우직한 애정을 담은 금과 진심을 담은 몰약과 사기극의 책임자를 향한 경탄을 담은 향을 바치는 꼴이라니.

성자 요한은 앙테크리스트의 도래가 세상의 종말에 대한 서곡이 될 것이라고 했다.

의심할 여지가 없었다. 종말이 가까웠다.

시작이 좋지 않았던 그해는 계속해서 좋지 않았다. 앙테크리스타는 끊임없이 영역을 넓혀나갔다. 그 무엇도 그녀에게 저항하지 못했다. 대학에서도 집에서도 사람과 사물들이 그녀를 지배자로 받들었다.

내 권리박탈에도 한계가 없었다. 내 방에서 크리스타는 옷장을 거의 독차지했다. 내 물건들은 양말 넣는 서랍 속으로 처박혔다. 그곳이 마지막 남은 나의 봉토였다.

그 정도로도 내 형리(刑吏)의 영역 확장 욕구를 충족시

키지는 못했다. 아직까지는 잠을 잘 권리가 내게 남아 있는 겁는 침대조차 앙테크리스타의 옷가지들로 뒤덮이기 일쑤였다.

부모님은 열에 들떠서 사람들을 집으로 불러들였다. 케케묵은 수첩에서 친구들의 주소를 찾아내어 무슨 다급한 용무라도 있는 것처럼 느닷없이 저녁초대를 하곤 했다. 크리스타를 사람들에게 소개하기 위해서라면 어떤 핑계라도 좋았다. 너무도 조용해서 좋다고 생각했던 아파트가 일주일에 세 번씩이나 시끌벅적 사람들로 북적댔다. 손님들은 갈 생각도 하지 않고 눌러앉았고, 내게 생명을 준 창조주들은 헤아릴 수 없이 많은 앙테크리스타의 미덕을 손님들에게 늘어놓았다.

앙테크리스타는 겸손하기 이를 데 없는 미소를 입에 건 채 이 집의 딸 행세를 했다. 손님들에게 무슨 음료를 마시고 싶은지 물었고, 러시아식 쟁반을 들고 음식을 날랐다. 사람들은 그 매력 넘치는 피조물에게서 눈을 떼지 못했다.

이따금 나를 보고 저 아이는 누구냐고 묻는 얼빠진 사람도 있었다.

그러면 주인장들은 언짢은 투로 대답했다.

"블랑슈잖아요!"

손님들은 내가 누군지에 대해서는 조금도 관심이 없었다. 그들은 아마도 16년 전 나의 출생을 알리는 카드를 받고서 읽는 둥 마는 둥 휴지통에 던져버렸을 것이다.

부모님은 크리스타를 내세움으로써 자신들의 위신이 올라간다고 생각하는 것 같았다. 그토록 젊고 아름다우며, 매력 넘치고 매혹적인 존재를 집에서 재운다는 사실을 두 분은 자랑스러워했다. '저 애가 우리 집으로 와서 함께 살겠다고 한 것은 우리가 아무나가 아니기 때문이야.' 부모님이 손님들을 집으로 초대하는 것은 보여줄 누군가가 생겼기 때문이었다.

이런 일로 씁쓸한 기분이 들지는 않았다. 내가 사람들이 자랑거리로 삼을 만한 아이가 못 된다는 건 이미 알고 있었으니까.

앙테크리스타가 나랑 단둘이 있을 때 그토록 오만한 태도로 의기양양해 하지만 않았더라도 이런 상황 자체가 내게 문제되지는 않았을 것이다. 그렇게 교활한 애가 어찌나 섬세하지 못한 말을 하는지 나는 아연했다.

"너 봤지? 니네 부모 친구분들은 나를 좋아해."

아니면 이런 말도 했다.

"손님들이 나를 네 부모의 딸로 알아. 너는 눈에 들어오지도 않나 봐."

이런 도발에도 나는 반응하지 않았다.

이 말을 했을 때가 극치였던 것 같다.

"네 부모들은 저녁식사 시간에 왜 그렇게 말이 많니? 한 마디도 끼어들 수가 없어. 게다가 사람들의 관심을 끌려고 나를 이용하잖아!"

잠시 망연자실했다가 내가 말했다.

"난 네 말을 도저히 듣고 있을 수가 없으니 그 분들한테 직접 얘기해."

"바보 같은 소리 하지도 마. 예의상 그런 말 못한다는 거 너도 잘 알잖아. 네 꼰대들이 세련된 사람들이라면 이해하겠지만, 안 그래?"

나는 아무 대답도 하지 않았다.

저런 몰상식한 말을 어떻게 나한테 할 수 있을까? 내가 그 말을 아버지나 엄마에게 전하면 어쩌나 하는 걱정도 되지 않는 걸까? 아마 그런 걱정 따위는 절대 하지 않을 것이다. 부모님이 내 말을 믿지 않으리라는 걸 그녀는 알고 있었을 테니까.

이처럼 크리스타는 자신에게 잘해주는 사람들을 무시했다. 진작에 알아봤어야 하는 건데 속내를 드러내는 그녀의 말을 듣기 전까지만 해도 나는 까마득히 몰랐다. 이런 사실을 알게 되자 내 증오심의 빗장이 풀려버렸다.

지금까지 나는 증오를 드러내지 않았다. 나는 마음 한구석으로 그녀에게 부끄러운 마음마저 간직하고 있었다. 나만 빼고 모두가 크리스타를 좋아하므로 내가 그녀를 사랑하지 못하는 것은 내 잘못임에 틀림없다고 나 자신을 타이르곤 했다. 모든 게 나의 질투심과 경험 부족 때문이라고 생각했다. 내가 인간관계를 좀더 알았더라면 그 애의 야릇한 행동방식에 그토록 분개하지는 않았을 것이다. 나는 관용을 배워야 한다고 생각했다.

이제는 더 이상 망설일 게 없었다. 앙테크리스타는 그야말로 쓰레기였다.

결점은 있지만 그래도 나는 부모님을 사랑했다. 그들은 정직한 분들이었다. 크리스타를 사랑함으로써 두 분의 정직성은 입증되었다. 그녀를 사랑한 건 잘못이었고, 그녀에 대한 사랑도 수천 가지 인간의 나약함으로 얼룩져 있었다. 하지만 그들은 진정으로 사랑했다. 사랑하는 사람은 누구나 구원받는다.

크리스타를 구원할 길은 없었다. 결국 그녀가 사랑한 사람은 누구란 말인가? 가능성의 명단에서 나는 대번에 제거되었다. 전에는 그녀가 우리 부모를 사랑한다고 생각했었지만 이제는 사실을 깨달았다. 그 잘난 데틀레브로 말하자면, 그녀가 그 없이도 잘만 지내는 걸 보면 그를 그다지 미친 듯이 사랑하는 것 같지는 않았다. 수많은 대학 친구들도 있다. 그녀가 친구라고 부르는 남자애들. 그녀가 그들을 사랑한다고도 그다지 믿어지지 않았다. 그들은 오직 그녀의 개인숭배에 이용되고 있는 것 같아 보였다.

그녀에게서는 의심의 여지가 없는 오직 한 가지 사랑만 볼 수 있었다. 그녀 자신에 대한 사랑이었다. 그녀는 진심으로 자신을 사랑했다. 그녀가 자신에게 하는 말들을 들어보면 놀라지 않을 수 없었다. 기괴한 대화방식을 빌어서 하는 말들 말이다. 이를테면 어느 날 저녁 그녀는 느닷

없이 식물 얘기를 끄집어내며 내게 물었다.

"너, 수국 좋아해?"

불시에 붙들린 나는 귀여운 목욕용 모자에 달린 꽃을 떠올리며 대답했다.

"응."

그러자 그녀는 신이 나서 말했다.

"그럴 줄 알았어! 섬세하지 못한 사람들이 수국을 좋아하지! 나는 끔찍이 싫어해. 섬세한 것이 아니면 견디지를 못해. 난 너무 섬세해. 그것 땜에 문제야. 섬세하지 못한 것에는 알레르기 반응이 있거든. 꽃도 난과 '화가의 절망' 이라는 꽃이 아니면 못 견뎌. 내 정신 좀 봐. 넌 '화가의 절망' 이라는 꽃, 못 들어봤을 거야……"

"아니, 알아."

"그래? 뜻밖인데. 나를 가장 많이 닮은 꽃이야. 화가가 나를 그린다면 나의 섬세함을 표현하지 못해서 아마 절망에 빠질걸. 화가의 절망은 내가 가장 좋아하는 꽃이야."

사랑스런 크리스타, 어련하겠어? 네가 좋아하는 사람은 너뿐인걸.

그녀가 한 말은 지어낼 수 없는 말이다. 말 그대로 그녀는 자기 자신에게 꽃을 던지며 자화자찬하고 있었다. 그녀가 꽃이라면 자기애의 뜻을 가진 나르시스(수선화)가 아니고 무엇이겠는가?

대화로 가장한 그녀의 독백을 들었을 때 나는 웃고 싶은 욕구와 싸워야 했다. 크리스타는 전혀 웃을 분위기가 아니었다. 그녀의 장광설에는 빈정거림이라든지 넌지시 던지는 암시 같은 게 전혀 담겨 있지 않았다. 그녀는 언제나 자신의 마음을 가장 사로잡고 있는 주제에 대해 말했다. 사랑, 정열, 찬탄, 열정. 이 숭고한 주제들이 마드모아젤 크리스타 빌덩에게 영감을 주는 것들이었다.

그녀의 이야기는 처음엔 그저 우스꽝스럽기만 했다. 이야기를 듣기 전만 해도 나는 그녀가 다른 사람들을 좋아한다고 믿고 있었다. 자기를 사랑하면서 다른 사람들도 사랑할 수 있다면 나르시시즘이라고 비난받을 이유가 없어 보였다. 하지만 이제 앙테크리스타에게 사랑이란 오로지 반사적인 현상이라는 걸 알게 되었다. 그녀의 사랑은 자기로부터 떠나 자기를 향해 되돌아오는 화살이었다. 세상에서 가장 짧은 사정거리인 셈이다. 그렇게 작디작은 영역 안에서 대체 어떻게 살아갈까?

그건 어디까지나 그녀의 문제였다. 내 문제는 부모님의 눈을 뜨게 하는 것이었다. 두 분의 명예가 걸린 문제였다. 그녀가 내 앞에서 두 분의 험담을 할 수 있다면 내가 없는 곳에서는 어떻겠는가? 나는 엄마와 아버지가 자신들을 무시하는 사람에게 그토록 애정과 헌신을 쏟는 게 견딜 수 없었다.

2월, 한 주간 수업이 없었다. 크리스타는 '내린 눈을 이용하러' 집으로 떠났다. 그녀에게 걸맞는 표현 같았다. 그녀는 눈조차도 이용해야만 했다.

행동할 기회였다.

앙테크리스타

가 떠난 다음날, 나는 부모님에게 친구 집에 가서 공부를 하고 저녁에나 돌아오겠다고 알렸다. 그리고는 아침 일찍 역으로 가서 말메디 행 기차표를 샀다.

물론, 나는 크리스타의 주소를 갖고 있지 않았다. 하지만 그녀가 데틀레브와 함께 일한다는 바를 찾아볼 생각이었다. 주민이 만여 명 정도 되는 도시에 그런 종류의 업소가 3만6천 개 있을 리는 만무일 테니까. 일회용 사진기도 하나 준비했다.

기차가 동부로 달려갈수록 점차 흥분이 느껴졌다. 이 여행은 내게 형이상학적 탐험과도 같았다. 낯선 곳으로 혼자 떠나는 것, 평생 한 번도 이런 시도를 해본 적이 없었다. 나는 기차표를 홀린 듯 바라보았다. 그런데 부모님과 내가 발음한 것과는 달리 말메디의 철자에는 악센트 부호가 없었다. 크리스타는 언제나 말메디라고 하지 않고 말므디라고 발음했었다(malmédy는 말메디로, malmedy는 말므디로 발음된다 : 옮긴이). 그걸 독일식 발음이라고 여겼던 우리 생각이 틀린 것이다.

표기법대로라면 크리스타의 발음이 맞았다. 싸구려 정신분석에 빠지고 싶지는 않지만, 말므디(malmedy)라는 지명에 내포된 "악이 내게 말하다(mal me dit)"라는 의미를 보지 않기란 힘들었다(malmedy와 mal me dit는 발음이 같다 : 옮긴이).

저 침입자가 내게 좋은 말이라곤 한 적이 없는 것도 사실이다. 행여 그럴 만한 이유가 있었다 하더라도 사실은 사실이었다. 더 이상은 사태를 두고 볼 수 없었기에 앙테크리스타에 대해 좀더 알아봐야만 했다.

말므디에 도착하니 브뤼셀에는 없던 눈이 나를 맞이했다. 역을 떠나 발길 닿는 대로 걸어가려니 왠지 도취되는 듯했다.

나의 탐험은 형이상학에서 초형이상학(pataphysique, 알

프레드 자리가 고안해낸 조어로 예외적이고 부대적인 것에 대한 학문을 말한다 : 옮긴이) 차원으로 넘어갔다. 나는 주점이 보이는 대로 들어가서 카운터에 팔꿈치를 괴고 앉아 정중하게 물었다.

"데틀레브라는 사람이 여기서 일하나요?

매번 사람들은 놀란 눈을 뜨고 그런 이름은 한 번도 들어본 적이 없다고 대답했다.

처음에는 그런 대답을 들으니 안심이 되었다. 드문 이름이라 찾기가 수월하겠구나 싶었던 것이다. 주점 순례를 두 시간 넘게 하고 나니 슬슬 걱정이 되기 시작했다. 데틀레브가 존재하지 않는 인물은 아닐까?

크리스타가 만들어낸 인물이면 어쩌지?

엄마가 빌딩 씨네 전화번호를 알아내기 위해 114에 물어보았던 일이 생각났다. 전화 안내원은 그 지역 전화번호부에는 그런 이름으로 등록된 사람이 없다고 했다. 우리는 아마도 너무 가난해서 전화조차 놓지 않았나 보다고 결론 내렸었다.

그런데 크리스타가 한 자기 가족 이야기도 지어낸 거라면?

아니다, 그럴 수는 없었다. 대학에 등록하려면 신분증을 보여야 했을 테니까. 성이 빌덩인 것은 분명했다. 신분증까지 위조하지 않았다면 말이다.

작은 독일풍 도시의 시내에는 눈이 진흙탕으로 변해 있었다. 대체 뭘 찾아 내가 여기까지 왔나 하는 생각이 들었다. 춥기도 하고, 집에서 몇 광년은 떨어져 있는 듯한 느낌이었다.

거리를 쏘다니며 바나 그 비슷한 업소를 샅샅이 훑었다. 꽤나 많았다. 이름이 썩 호감 가지 않는 이 벽촌에서도 사람들은 기분을 전환할 필요를 느끼나 보았다.

문이 닫힌 허름한 주점 앞에 이르렀다. 문에는 "17시부터 영업"이라고 적혀 있었다. 그렇게 늦게까지 기다릴 수는 없었다. 겉모양만 보아도 형편없는 곳이라 이곳일 가능성은 희박해 보였다. 그래도 확실히 해두고 싶었다.

벨을 눌렀다. 아무 대답이 없었다. 다시 눌렀더니 연한 금발의 뚱뚱한 사내가 나오는 게 보였다. 꼭 돼지 같았다.

"실례지만 데틀레브랑 얘길 하고 싶은데요."

"전데요."

나는 하마터면 뒤로 넘어갈 뻔했다.

"데틀레브가 맞으세요?"

"그렇다니까요."

"크리스타 있어요?"

"아뇨, 집에 갔어요."

그렇다면 정말 그란 말인가? 웃음이 나 죽을 지경이었다. 나는 표시 내지 않으려고 무진 애를 썼다.

"크리스타 주소 좀 주실 수 있어요? 친구인데 찾아가려고요."

젊은 돼지는 의심 없이 종이를 찾으러 갔다. 그가 종이에다 크리스타의 주소를 적는 동안 나는 일회용 사진기를 꺼내 이 전설적인 인물의 사진을 몇 장 찍었다. 동부의 데이빗 보위라, 흥미로운데. 저 사람이 신비스런 눈을 한 가수 데이빗 보위를 닮았다면 나는 잠자는 숲속의 미녀를 닮았겠다.

"내 사진은 왜 찍죠?"

그가 놀라서 물었다.

"크리스타에게 줄 깜짝선물을 준비중이거든요."

순박한 미소를 지으며 그가 종이쪽지를 내게 건넸다. 착한 사람임에 틀림없었다. 그가 크리스타를 사랑하는 건 분명하다는 생각을 하며 나는 그 자리를 떠났다. 한편 사랑하는 사람에 대해 그토록 많은 거짓말을 한 걸 보면 그녀는 그를 부끄럽게 여긴다는 뜻이다. 그의 외모가 출중했더라면 그 역시 앙테크리스타의 사회적 위신을 높이는 데 이용되었을 것이다. 그가 못생기고 뚱뚱했기에 그녀는 그를 숨기고 그에 대해 거짓말을 꾸며대는 게 낫다고 판단했던 것이다. 딱하기 짝이 없었다.

크리스타가 사는 동네가 말므디 시내에 있다는 것을 확인하니 형이상학적 만족감이 느껴졌다. 그녀가 악과 연관된 이곳에 사는 게 마땅하다는 생각이 들었다.

그녀가 작은 마을에 산다고 거짓말한 것은 놀랍지 않았다. 거짓말 하나쯤은 대수롭지 않게 여기는 데다 종적을 흐릴 필요도 있었을 테니까.

대체 숨겨야 할 게 무엇이었을까 궁금했다. 자기 집에 대해 왜 그렇게 비밀로 해야 했을까? 그녀가 사는 동네에 가까워질수록 호기심은 커져갔다.

그녀의 집을 보고서 나는 내 눈을 믿지 못했다. 우편함에 빌딩이라는 이름이 적혀 있지 않더라면 아마도 잘못 찾은 거라고 결론 내렸을 것이다. 그곳은 유명인사들이

나 살 법한 저택이었다. 19세기에 지어진 멋진 대저택이었다. 베르나노스의 소설에 등장하는 부르주아들이 살 법한 호사스런 집이었다.

그녀 가족이 전화번호부에 올려져 있지 않았던 것은 비공개로 등록해두었기 때문이었다. 아무나 전화해서 방해하는 걸 그들이 원치 않았으리라는 것은 쉽게 짐작할 수 있었다.

벨을 눌렀다. 앞치마를 두른 한 부인이 나와서 문을 열었다.

"크리스타 어머니세요?"

"아뇨, 저는 파출부인걸요."

내 착각에 놀란 듯 부인이 대답했다.

"빌덩 박사님 계세요?"

나는 떠오르는 대로 물었다.

"박사님이 아니라 빌덩 공장을 운영하세요. 근데 대체 누구시죠?"

"크리스타의 친구예요."

"크리스타 아가씨를 불러드릴까요?"

"아뇨, 아니에요. 깜짝 놀라게 하려구요."

내가 앳되어 보이지 않았더라면 부인은 아마도 경찰을 불렀을 것이다.

나는 파출부가 들어가기를 기다렸다가 슬쩍 집 사진을 몇 장 찍었다.

그리고는 이미 들렀던 바 가운데 하나에 들러 전화를 좀 쓰자고 했다. 나는 전화기 옆에 놓인 업종별 전화번호부에서 찾아냈다. "빌딩 공장 : 인산염, 화학제품, 농산물 가공품." 한 마디로, 수요를 구실 삼아 환경을 오염시키는 업체였다. 나는 찾아낸 정보와 공장의 주소를 옮겨 적었다.

114 안내양은 어째서 엄마에게 이 지역에 빌딩이라는 이름의 집안이 없다고 했을까? 경제적으로 이름이 날 경우 간혹 어떤 이름들은 성이 아니라 상표처럼 되어 버리기 때문 아닐까? 클레르몽—페랑의 미슐렝(최초로 자동차용 공기타이어를 개발한 앙드레 미슐렝의 이름이자 그가 세운 타이어 제조회사의 상호, 일명 미쉘린 타이어 : 옮긴이)이 그렇듯이 말이다.

이 악의 도시에서 더 이상 나를 붙드는 것은 없었다. 하루를 허비하지는 않았다는 생각을 하며 나는 브뤼셀 행

기차를 탔다. 바깥 풍경은 온통 눈으로 뒤덮여 있었다.

이틀 후 사진을 현상했다.

부모님에게 진실을 알리려는 순간 나는 부끄러웠다. 이 일에서 내가 한 역할이 고약한 것이었기 때문이다. 내가 그런 역할을 기꺼이 떠맡은 것은 크리스타가 거짓말을 했기 때문이 아니라(모든 거짓말이 비난받아야 하는 것은 아니다) 우리 가족을 파괴하려는 그녀의 욕망에 끝이 보이지 않았기 때문이다.

나는 부모님을 내 방으로 오시게 한 뒤 이야기를 털어놓았다. 빌덩 가의 대저택 사진도 보여주었다.

"너, 무슨 흥신소라도 차렸니?"

아버지가 경멸조로 말했다.

나를 걸고넘어질 줄은 진작에 예상하고 있었다.

"걔가 엄마와 아버지를 나쁘게 말하지만 않았어도 뒤를 캐러 가지는 않았을 거예요."

엄마는 망연자실한 듯했다.

"동명이인일 거야. 다른 크리스타 빌덩이야."

내가 대답했다.

"그 다른 크리스타에게도 데틀레브라는 애인이 있구

요? 기막힌 우연의 일치로군요."

아버지가 말을 이었다.

"거짓말을 할 수밖에 없었던 이유가 있을 거야."

"어떤 이유 말이에요?"

크리스타를 변호하려는 욕구가 가히 감탄스럽다는 생각을 하며 내가 물었다.

"걔한테 직접 물어봐야겠어."

"또 거짓말하라구요?"

"더 이상은 거짓말 못할 거야."

내가 물고늘어졌다.

"거짓말을 왜 그만두겠어요?"

"현실을 대면하게 될 테니까."

"그러면 거짓말을 그만두리라 생각하세요? 제 생각엔 오히려 거짓말을 더 할 것 같은데요."

아버지가 말을 이었다.

"아마도 사회적 콤플렉스를 갖고 있을 거야. 부자들한테도 종종 나타나는 일이야. 자기가 원하는 곳에 선택해서 태어나는 게 아니니까. 그 애가 집안을 숨긴 것은 알리면 문제가 되기 때문일 거야. 그다지 심각한 거짓말은 아니야."

내가 반박했다.

"데틀레브에 대해서는 들어맞지 않는 말이에요. 크리스타가 괜찮은 애라는 생각이 들게 만드는 유일한 점이 데틀레브예요. 그 사람은 전혀 부르주아 집안 출신이 아닌, 뚱뚱하고 착한 사람이에요. 그를 있는 모습 그대로 우리에게 소개했더라면 콤플렉스 때문이라는 아버지 얘기를 저도 믿겠어요. 하지만 아니에요. 그를 잘생기고, 고상하고, 우수에 찬 용감한 기사처럼 꾸며댔단 말이에요. 그건 자신에 대해 겸손하고 검소한 인상을 주려고 그런 게 아니잖아요."

나는 그 벨기에의 데이빗 보위의 사진을 내밀었다. 아버지는 일그러진 미소를 띤 채 사진을 바라보았다. 엄마의 반응은 야릇했다. 데틀레브를 보더니 혐오스럽다는 듯이 비명을 질렀고 격분한 목소리로 외쳤다.

"걔가 대체 왜 우리한테 이런 거짓말을 했단 말이냐?"

그 순간, 나는 크리스타가 지지자를 한 사람 잃었다는 사실을 깨달았다. 엄마에게는 거짓으로 가난한 집 출신인 것처럼 해서 우리의 동정을 사려 한 것보다 돼지 같은 얼굴을 한 연인을 가졌다는 게 훨씬 심각한 일이었다.

"이 남자애에 대한 거짓말들은 우스꽝스럽긴 해도 어린애 같은 짓이야. 그리고 그밖에는 거짓말을 그다지 많이 하지 않았는지도 몰라. 어쩌면 아버지한테 신세지지 않으려고 정말로 자기 학비를 벌고 있는지도 모르잖아. 애인이 부르주아 출신이 아니라는 게 그 증거야."

"그렇다면 부모 집에서 살 필요도 없잖아요."

내가 반박했다.

"걔는 이제 겨우 열여섯 살이야. 아마도 엄마나 형제자매에 대한 애정이 각별한 거겠지."

"우리끼리 소설을 쓸 게 아니라 그 애 아버지에게 전화를 해보면 어때요?"

내가 제안했다.

엄마는 남편이 망설이는 걸 보고 말했다.

"당신이 안 한다면 내가 할 거예요."

빌덩 씨와 전화연결이 되자 아버지는 소리를 수화기 밖으로 들리게 했다.

"선생이 블랑슈의 아버지 아스트 씨로군요. 알겠어요."

차가운 목소리가 말했다.

우리는 그가 무얼 알겠다는 건지 알 수 없었다. 적어도 그는 우리의 존재를 알고 있는 것 같았다. 그의 딸이 해대는 거짓말을 생각하면 뜻밖의 일이었다.

"일하시는 데 방해를 드려서 죄송합니다."

아버지는 잔뜩 주눅 든 목소리로 떠듬떠듬 말했다.

두 사람은 두세 마디 상투적인 인사말을 주고받았다. 그러고 나자 빌딩 공장의 사장이 대뜸 말했다.

"이보세요, 크리스타가 선생 가정에서 지내는 것에 대해서는 기쁘게 생각합니다. 요즘 세상이 워낙 흉흉하다 보니 혼자서 지내는 것보다는 한결 마음이 놓입니다. 그렇지만 선생, 상황을 너무 이용하는 것 아닙니까? 선생이 요구한 집세는 터무니없어요. 접는 침대 하나 둔 하녀 방에 그런 금액을 지불하라면 누구라도 거절할 겁니다. 내 딸이 하도 고집을 부려서 하는 수 없이 받아들이는 거요. 그 애가 블랑슈를 좋아한다니 말입니다. 선생이 교사이고 내가 회사 경영주라는 건 알지만 그래도 너무 지나친 것 아니오. 마침 당신이 전화를 했으니까 하는 말인데, 크리스마스 후에 올려달라고 한 금액은 도저히 받아들이지 못하겠으니 그리 아시오. 이만 끊겠소, 선생."

그러더니 꽝 끊어버렸다.

아버지는 새파랗게 질렸다. 엄마는 웃기 시작했다. 나는 두 사람 사이에서 어찌할 바를 몰랐다.

내가 물었다.

"걔가 우리를 이용해 돈을 얻어냈단 말이에요?"

아버지가 말했다.

"우리가 알지 못하는 어떤 이유로 돈이 필요했던 건지도 몰라."

나는 발끈했다.

"아빠는 아직도 그 애를 두둔하는 거예요?"

엄마가 몰아붙였다.

"그 애 때문에 방금 그렇게 모욕을 당하고도 말이에요?"

"우린 퍼즐 조각을 모두 가진 게 아니야. 크리스타가 그 돈을 구호단체에 낸 건지도 모르잖아."

아버지가 고집을 버리지 못하고 말했다.

"아빠는 테나르디에(빅토르 위고의 『레미제라블』에 나오는 인물로, 코제트를 맡아 기르면서 하녀처럼 학대하고 돈을 뜯어내는 데 혈안인 여관주인 : 옮긴이) 같은 취급을 받고도 아무렇지도 않아요?"

"그 애를 경솔하게 판단하지 않으려는 거야. 그 애한테 선택권이 있었다는 사실을 이제 알게 되었잖아. 그 애는 자기가 원하는 곳에서 살 수 있었어. 그런데도 우리랑 함께 살기를 원했어. 그러니까 우리가 정말 필요했던 거야. 특별히 줄 것도 없는 우리가 말이야. 도와달라는 호소가 아니었을까?"

그럴 것 같지는 않았다. 하지만 아버지가 제기한 의문에도 일리는 있었다. 그 애는 왜 하필이면 별 볼일 없는 우리 가족을 선택했던 걸까? 돈 때문만은 아니었을 것이다.

부모님이 보인 태도는 가히 존경스러웠다. 보기 좋게 조롱당하고 실망했으면서도 원한을 품고 대응하지 않았다. 부모님이 돈 문제를 두고 화를 내는 소리를 나는 한 번도 들어보지 못했다. 엄마는 데틀레브의 추한 몰골 때문에 배반감을 느끼는 것 같았다. 좀 이상하긴 했지만 편협한 태도는 아니었다. 아버지는 크리스타가 그런 행동을 한 이유가 무엇인지를 이해해 보려고 애쓸 정도로 넓은 아량을 보였다.

아버지의 관대함에 대해 한 가지 걸리는 게 있다면, 내가 그런 처지였더라면 결코 그런 관용의 혜택을 입지 못했을 거라는 점이다. 부모님과 나는 언제나 우리 자신에게는 온갖 의무만을 부과하고 타인들에게는 모든 권리와, 나아가 온갖 변명까지도 인정하는 식으로 처신했다. 크리스타가 잘못을 했다면 뭔가 비밀이나 설명이나 정상을 참작할 만한 상황이 있을 거라고 생각하고 있었다. 하지만 잘못을 저지른 사람이 나였다면 호된 질책만 떨어졌을 것이다.

이 사실을 다시금 확인하니 조금 화가 났다.

이제는 탕아가 돌아오기를 기다리는 수밖에 없었다.

우리는 더 이상 크리스타 얘기를 꺼내지 않았다. 그녀의 이름은 금기사항이 되었다. 그녀가 와서 자기 변호를 하기 전까지는 그 얘기를 꺼내지 말자는 암묵의 협약 같은 게 있었다.

나는 크리스타가 그 동안 있었던 일을 알까 생각해 보았다. 확신하기 힘들었다. 데틀레브와 파출부가 깜짝 선물을 존중한다면 내가 찾아갔던 일을 그녀에게 말하지 않을 것이다. 그 기분 나쁜 전화통화로 말하자면, 빌덩 씨가 딸의 비위를 건드리지 않으려고 이야기를 하지 않을지 모른다.

아버지가 옳았다. 뭔가 석연찮은 구석이 남아 있었다. 가장 큰 문제는 이 사건에서 우리의 역할이 무엇인지를 아는 것이었다.

한편 나는 데틀레브와 관계된 불가사의에 대해서도 의문이 들었다. 크리스타처럼 잘난 척하고 야심 큰 여자애가 왜 그런 남자를 선택했을까? 그보다 조건이 훨씬 좋은 남자애들 중에서 누굴 골라야 할지 곤란할 지경인 그녀가 그저 착하고 피둥피둥한 남자로 만족하다니. 이 점을 생각하면 그녀에게 호감이 갔다. 아니 정확히 말하자면 호감 간다는 말은 크리스타에게 어울리는 형용어가 아닌 것 같았다. 이런 저런 추측 속에서 나는 갈피를 잡지 못했다.

일요일 저녁, 탕아가 들이닥쳤다. 그녀를 보는 순간 나는 그녀가 아직 아무것도 알지 못한다는 걸 깨달았다. 평소대로 호들갑을 떨며 반가워하는 그녀를 보니 마음이 거북했다.

부모님은 부산떨지 않았다. 곧장 식탁에 자리를 잡고서

아버지가 말했다.

"크리스타, 네 아버지와 전화통화를 했어. 왜 우리에게 거짓말을 했니?"

크리스타는 순간 얼어붙었다. 침묵.

"왜 그런 거짓말을 꾸며댔어?"

아버지가 좋은 말로 다시 한번 물었다.

"돈을 원하시는 거예요?"

그녀가 경멸조로 내뱉듯 말했다.

"단지 진실을 알고 싶은 거야."

"아시는 것 같은데, 뭘 더 원하세요?"

"왜 우리에게 거짓말을 했는지 알고 싶어."

아버지가 같은 말을 되풀이했다.

"돈 때문이죠."

공격적인 말투로 그녀가 말했다.

"아니야. 돈이라면 다른 식으로 얼마든지 얻을 수 있었을 것 아니니. 왜 그랬어?"

크리스타는 딱하게도 O 후작부인(독일 작가 하인리히 폰 클라이스트의 단편소설 「O 후작부인」의 여주인공으로 임신이라는 확고부동한 현실 앞에서 정말 모르는 일이라고 잡아떼며 자신을 임

신시킨 남자를 찾는다는 광고까지 낸다 : 옮긴이)의 술수를 써보려는 것 같았다. 모욕당했다는 투로 그녀가 말했다.

"난 당신들을 믿었는데! 당신들은 치사하게 내 뒤나 캐고……."

"화낼 사람이 누군데!"

"누군가를 사랑한다면 그 사람을 끝까지 믿어야 하는 것 아니에요!"

그녀가 외쳤다.

"우리가 바라는 것도 그거야. 그래서 왜 거짓말을 했는지 알고 싶어하는 거고."

"도대체 제 말을 이해하지 못하시는군요! 누군가를 끝까지 믿는다는 건 그 사람에게 설명을 강요하지 않는 거라구요."

"네가 클라이스트 작품을 읽은 걸 보니 기쁘구나. 하지만 우리는 너처럼 섬세한 사람이 못돼. 우리에겐 설명이 필요해."

아버지의 침착함에 나는 깜짝 놀랐다. 아버지가 이런 식으로 말하는 걸 한번도 들어본 적이 없었다.

박해받는 가련한 그녀가 다시 말했다.

"부당해요! 당신들은 셋이고 난 혼자라구요!"

내가 끼어들었다.

"네가 오고부터 매일 내가 당했던 일이야."

"너마저! 넌 내 친군 줄 알았는데! 나한테 그렇게 신세를 지고서도!"

3월 15일에 카이사르가 브루투스에게 했던 말투로(BC 44년 3월 15일 카이사르는 브루투스에게 피살당하면서 "브루투스 너마저!"라는 말을 했다 : 옮긴이) 그녀가 내게 말했다.

내가 놀란 것은 그녀의 진지한 태도였다. 그녀는 자신이 하는 말을 정말로 믿고 있었다. 그처럼 터무니없는 말에 대꾸할 말은 참으로 많았지만 나는 입을 다문 채 가만히 내버려두기로 했다. 우선은 그것이 효과적인 방식이기도 했거니와 그녀가 진창 속에 빠져드는 걸 묵묵히 음미하는 것도 볼 만한 구경거리였기 때문이다.

"네가 왜 거짓말을 했는지 설명하지 못한다면 그건 아마도 네가 버릇처럼 거짓말을 하는 허언증 환자이기 때문일 거야. 거짓말하는 병 말이다. 흔히 볼 수 있는 질병이야. 거짓말을 위해 거짓말을 하지……"

"말도 안 돼!"

그녀가 버럭 소리를 질렀다.

그녀가 어찌할 바 몰라 하는 걸 보고 나는 아연했다. 자신에게 치밀하지 못한 구석이 있다는 걸 그녀는 몰랐을까? 그녀는 가장 어리석은 책략인 공격적 행태를 취했다. 아버지는 그녀에게 참으로 애정을 가지고 있었기 때문에 그녀가 정말 믿기 힘든 이유라도 끌어대며 자기변명을 했다면 고지식하게 믿어주었을 것이다. 그런데도 그녀는 오히려 자기가 탄 배에 스스로 불을 지르고 있었다.

엄마는 언쟁이 시작된 이후 아직 한 마디도 하지 않았다. 엄마 머릿속에서 무슨 생각이 오가고 있는지 짐작할 만큼 나는 엄마를 잘 알았다. 엄마는 크리스타의 얼굴 위로 겹쳐 떠오르는 데틀레브의 낯짝을 보았을 것이다. 그러니 계속해서 아연실색한 표정으로 그녀를 바라보고 있었다.

마지막 발악으로 크리스타는 우리 면전에 대고 쏘아붙였다.

"당신들한테 안된 일이죠, 뭐. 당신들은 어리석어서 내 수준에 맞질 않아요! 나를 사랑하는 사람은 나를 따르겠죠!"

그러더니 내 방으로 사라졌다. 아무도 그녀를 따르지 않았다.

반 시간 뒤 그녀가 짐을 싸들고 방에서 나왔다. 우리는 꼼짝도 하지 않았다.

"당신들은 나를 잃은 거예요!"

그녀가 외쳤다.

그리고는 아파트 문을 꽝 닫고 떠났다.

아버지 는 현상태를 유지하자고 당부했다.

"크리스타는 아무런 설명도 하지 않았어. 확실히 모르는 상태에서 그 애를 판단하는 일이 없도록 하자. 걔가 왜 그랬는지 동기를 알지 못하니 그 애에 대해 나쁜 말을 하지 않도록 하자꾸나."

이때부터 우리 사이에 그녀에 관한 이야기는 일절 없었다.

크리스타는 계속해서 학교에 나왔고, 나는 도도하게 그녀를 모른 척했다.

어느 날, 우리를 보는 사람이 아무도 없다는 걸 확신하고 그녀가 내게 말을 걸어왔다.

"데틀레브와 파출부가 다 얘기해주었어. 네가 내 뒤를

캐러 온 거였더군."

나는 아무 말 하지 않고 차갑게 바라보기만 했다.

"넌 나를 능멸했어! 내 사생활을 능멸했다구, 알아듣겠어?"

또 저 놈의 '알아듣겠어?'.

나를 강제로 옷 벗게 하고, 벗은 내 몸을 놀려대던 애가 날더러 자기를 능멸했다고?

나는 그저 웃기만 하고 침묵을 지켰다.

"사람들한테 일러바치지 않고 뭘 기다려? 내 친구들과 가족한테 일러바쳐 나를 깎아내리고 싶겠지!"

"크리스타, 그건 네 방식이지 내 방식이 아니야."

이 대답에 그녀는 안심하는 것 같았다. 내가 자기 아버지나 친구들에게 진실을 말할까봐 겁났을 테니까. 하지만 내가 떠들어대지 않으리라는 것을 알고 나서도 그다지 위안이 되지는 않은 모양이었다. 내가 자기보다 압도적으로 유리한 위치에 있음을 의식하고 그녀는 패배감에 치를 떨었다.

"우아하게 노시네. 치사하게 흥신소처럼 뒤나 캘 때는 언제고. 네가 얼마나 나를 해치고 싶었으면 그렇게까지 했겠어!"

나는 무심하게 말했다.

"왜 내가 너를 해치려고 애써 힘을 들이겠어? 네 스스로 자멸하는 능력이 그렇게 뛰어난데 말이야."

"네 부모와 너는 내 등뒤에서 험담하느라 시간 가는 줄 모르겠구나. 적어도 심심하지는 않겠어."

"너로서는 생각도 할 수 없는 일이겠지만, 우리는 네 얘기를 아예 입에 담지도 않아."

그렇게 말하고 나는 돌아서 왔다. 강력한 나의 힘을 만끽하며.

며칠 뒤, 아버지가 빌덩 씨로부터 편지 한 장을 받았다.

〈당신이 내 딸에게 한 협박은 비열하기 짝이 없는 것이오. 크리스타가 당신 집을 떠나기로 한 건 참으로 잘된 일이오. 내가 당신을 경찰에 고발하지 않는 걸 고맙게 여기시오.〉

편지를 읽고 나서 아버지가 말했다.

"우리의 반응을 끌어내려고 온갖 수단을 다 쓰는군. 할 수 없지, 내가 무슨 협박을 했는지는 알 길이 없겠어."

"그 사람한테 전화해서 진실을 밝히지 않을 참이에요?"

엄마가 발끈하고 나섰다.

"아니. 크리스타가 우리한테서 기대하는 게 바로 그런 반응이니까."

"왜 그런다지요? 그러면 모든 걸 잃게 될 텐데."

"그 애는 차라리 모든 걸 잃고 싶어하는 거야. 난 그걸 원치 않아."

"그 애가 당신한테 그런 누명을 뒤집어씌우는데도 괜찮아요?"

엄마가 물고늘어졌다.

"나만 떳떳하면 되지."

그 후 대학에서 크리스타의 친구들은 드러내놓고 경멸 어린 눈초리로 나를 쳐다보았다. 나는 괜한 피해망상이 겠거니 했다.

그러던 어느 날, 크리스타와 가장 친한 남자애가 다가 오더니 내 얼굴에다 침을 뱉었다. 그제서야 피해망상이 아니라는 걸 알았다. 그를 붙잡아 왜 내 얼굴에 침을 뱉었는지 따지고 싶은 마음이 간절했다.

바로 그 순간, 비웃으며 나를 뚫어지게 쳐다보고 있는 크리스타가 보였다. 그녀가 내 반응을 기다리고 있다는 걸 나는 알았다. 그래서 그냥 그녀를 못 본 척해버렸다.

도발은 계속되었다. 엄마에게 빌딩 부인으로부터 편지가 왔다. 거기엔 참으로 어처구니 없는 말이 담겨 있었다.

⟨당신이 크리스타에게 옷을 벗으라고 강요했다는 얘기를 들었어요. 그런 당신이 아직도 교직을 맡고 있다니 정말 유감이군요.⟩

한편 나는 영광스럽게도 데틀레브로부터 욕설이 가득 담긴 편지를 받았다. 나 같은 애를 누가 원하겠느냐며, 내가 숫처녀로 죽게 될 거라는 내용이었다. 그렇게 잘생긴 청년으로부터 온 편지인 만큼 자극적이지 않을 수 없었다.

우리는 이렇게 조악한 도발들에 대리석처럼 냉담하게

아무런 반응을 보이지 않는 데서 쾌감마저 느끼고 있었다. 우리는 동부에서 온 편지들을 서로 돌려 읽었다. 그리곤 그저 씁쓸히 웃었을 뿐 아무 말도 하지 않았다.

말을 하지 않았다고 해서 생각도 하지 않았던 건 아니다. 크리스타에 대해 나는 아버지보다 내가 훨씬 많은 정보를 가지고 있다고 생각했고, 마음속으로 결론을 내렸다. '나는 아무도 알지 못하는 걸 알고 있어. 그 애 이름이 앙테크리스타라는 사실 말이야. 그 애가 우리를 표적으로 삼은 것은 이 초라한 세상에서 우리가 그래도 악을 덜 닮았기 때문이야. 그 애는 우리를 자기 세력으로 끌어들이려고 왔지만 성공하지 못했어. 이 실패를 그 애가 어찌 감당할 수 있겠어? 그래서 오로지 침몰하는 자기 배에 우리를 끌어들이려는 목적에서 자멸의 길을 택한 거야. 그러니까 절대로 반응해서는 안 돼.'

반응하지 않는 것이 반응하는 것보다 훨씬 힘이 드는 일이었다. 크리스타가 나에 대해 다른 아이들에게 뭐라고 얘기하고 다니는지는 짐작도 할 수 없었지만, 나를 혐오스럽게 쳐다보는 눈들을 보니 아주 심한 얘기들인 것 같았다.

사빈조차 날 불러세워 쏘아붙일 정도로 나는 분노의 대상이 되고 있었다.

"너, 나까지도 가지려고 했었지! 정말 끔찍해!"

그러더니 정어리는 지느러미를 흔들며 달아났다. 나는 '가진다'는 말의 의미가 무엇일까 생각하며 멀어져가는 그 애를 바라보았다.

앙테크리스타의 교묘함은 그녀가 하는 비방의 은밀함에 있었다. 대개의 경우 부모님과 나는 우리에게 가해지는 비난이 무엇인지 알지 못했다. 그저 비열한 것이겠거니 했다.

대학에서건 다른 곳에서건 우리의 파렴치함에 대해 떠들어대는 사람들은 우리의 결백에 대해서는 물론이요, 우리가 어떤 비난을 받는지도 모르고 있으리라고는 짐작조차 못한 채 자신들도 모르게 더할 나위 없이 사악한 코미디에 동참했다. 그들은 우리가 짐작도 못하는 행위들 ― 도둑질? 강간? 살인? 시간(屍姦)행위? ― 에 대한 수치심을 우리에게 불어넣으려고 들었다. 우리가 견디다 못해 대체 왜 그러냐고 따지고 들기를 기다리고서 말이다.

우리는 잘 버텨나갔다. 견디기 힘든 일이었다. 대학이 유일한 사회생활 터전이었던 내게는 더더욱 그랬다. 내가 얼마나 운이 없는지를 생각하니 어이가 없었다. 16년을 살아오면서 친구라고 단 한 명 갖게 되었는데, 결국 그것이 형이상학적 시련으로 드러났으니 말이다. 게다가 시련은 아직 끝나지 않은 것 같았다.

크리스타가 얼마나 더 비열하게 나올까? 이 생각 때문에 나는 도무지 잠을 잘 수가 없었다.

그렇지만 여전히 아버지처럼 아무 행동도 하지 말아야 한다고 믿고 있었다. 번쩍 하는 섬광 같은 행동이 아니고는 그 무엇도 나를 구해줄 수 없을 것 같았다. 말로 하는 변호로는 절대 불가능했다. 말은 공격의 실마리를 제공해줄 우려가 있었다. 침묵은 나를 비누처럼 미끈거리게 만들어 붙잡기 힘들게 해주었다. 점점 커져가는 비방도 내 피부 위에서 미끄러져 내릴 뿐이었다.

그런데 무반응만으로는 앙테크리스타의 기를 꺾지 못했다. 그녀의 집요함은 끝이 없었다. 섬광 같은 행동을 찾아야만 했다. 그런데 도무지 생각이 떠오르지 않았다.

적어도 적을 이해할 수만 있다면 얼마나 좋을까! 나는 적의 의도는 파악하고 있었지만 이해할 수는 없었다. 대체 그녀가 우리에게 왜 그토록 거짓말을 했는지는 여전히 알지 못했다. 그녀는 워낙 매력적이라 구태여 거짓말을 꾸며내지 않더라도 우리를 홀릴 수 있었을 것이다. 그런데도 그녀는 점점 더 새빨간 거짓말을 해댔다.

자기 자신을 뿌리 깊이 불신하고 있는 걸까? 있는 그대로의 모습으로는 도저히 안 되니 거창한 거짓말을 꾸며내야만 사람들의 마음에 들 수 있다고 생각하는 걸까? 어쩌면 그런 해로운 행동을 할 수밖에 없다는 믿음이 그녀의 마음을 뒤흔들어 놓았을 것이다. 나는 진실 존중을 강박적으로 고집하는 사람이 못되므로 그녀가 꾸며대는 허무맹랑한 이야기들이 악의만 없었다면 귀엽게 봐줄 수도 있었을 것이다. 이를테면 데틀레브가 눈부시게 잘생겼다고 얘기한 것도 애처로운 거짓말로 여겼을 것이다. 거짓말을 오직 나를 짓밟으려는 목적에 이용하지만 않았더라면 내게는 아무런 문제도 되지 않았을 것이다. 크리스타의 문제는 힘의 관계를 떠나서는 아무것도 생각하지 못한다는 데 있었다.

그런데 나는 지배자니 피지배자니 하는 이야기들이 이루 말할 수 없이 따분하기만 했다. 어쩌면 그래서 내게 남자건 여자건 친구가 없었는지도 모른다. 학교에서나 학교 밖에서나 우정이라는 고귀한 이름이 쌍방의 동의가 없는 모호한 예속관계나 의도된 모욕, 항구적인 쿠데타, 역겨운 굴종, 심지어 희생양을 만드는 행태들에까지 결부되는 것을 나는 너무도 자주 보았다.

나는 우정에 대해 숭고한 생각을 품고 있었다. 하지만 오레스테스와 필라데스, 아킬레우스와 파트로클로스, 몽테뉴와 라 보에시(몽테뉴와 각별한 우정을 맺었던 프랑스 작가 : 옮긴이) 같은 우정이 불가능했던 것은 어디까지나 상대는 상대였고, 나는 나였기 때문이다. 그런 우정을 나는 원치 않았다. 우정에 조금이라도 비열한 마음이나 경쟁심이, 일말의 부러움이나 한치의 의혹이 깃들면 나는 그 우정을 발로 차버렸다.

이런 내가 크리스타와의 우정을 어떻게 믿을 수 있었을까? '그녀는 그녀였고 나는 나였는데' 말이다. 내가 얼마나 무방비로 마음을 열어두었으면 그녀가 내 안에서 정복할 장소를 찾았을까? 나는 그녀가 나를 그렇게도 쉽게 속였다는 사실이 부끄러웠다.

그러면서도 한편으로는 이상하게도 자랑스러웠다. 누군가 나를 속였다면 그것은 잠시라도 내가 누군가를 사랑했기 때문이었다. 소포클레스(고대 그리스 비극 작가 : 옮긴이)의 안티고네도 말하지 않았던가. "나는 사람을 사랑하지, 증오하지 않는다." 이보다 아름다운 말은 없다.

크리스타의 중상 캠페인은 배척 시도를 하는 지경에까지 이르렀다. 가히 사이비 종파 취급을 받는 우리 가족에게 뒤집어씌워진 어처구니없는 중상을 생각하면 이따금씩 웃음이 나왔다.

내가 예전에 생각했던 것보다 나 자신이 중요한 존재라는 사실도 깨닫게 되었다. 스스로 정치학부의 별 볼일 없는 존재라고 여겼던 내가 사람들의 시선을 한몸에 받는 인물이 되었으니까.

"저리 꺼져, 더러운 년."

어느 날, 같은 수업을 듣던 남자애 하나가 나에게 소리쳤다.

더러운 년은 꺼지지 않았다. 학생들은 비열한 내 존재를 감내해야만 했다. 나는 그런 상황을 유머로 받아들여

식인귀 같은 눈으로 상대를 바라볼 때도 있었다. 그럴 때마다 상대는 재미난 반응을 보였다.

안타깝게도 대부분의 경우 이런 일을 당하면 난 의기소침해졌다.

불행이 가져다준 좋은 점도 있었다. 나의 방과 책 읽을 권리를 되찾은 것이다. 이 시기만큼 책을 열심히 읽은 적이 없었다. 과거의 결핍을 보충하기 위해서도 그렇고, 앞으로 다가올 위기 상황에 맞서기 위해서도 나는 탐욕스레 책을 읽었다. 책읽기를 도피로 생각하는 사람들은 진리의 반대편에 서 있는 것이다. 책읽기란 가장 정신집중이 된 상태에서 현실과 대면하는 것이다. 묘하게도 그것이 언제나 흐리멍텅한 상태로 현실에 뒤섞여 있는 것보다 덜 두렵다.

내가 겪고 있는 상황은 시련이었으며, 그것도 매우 견디기 힘든 시련이었다. 악을 얼싸안을 수 없었기에 힘든 시련이었다. 우리가 책을 읽는 것을 우연이라고 생각하면 오산이다. 그 즈음 나는 베르나노스(Bernanos, 프랑스의 대표적 가톨릭 작가 : 옮긴이)를 읽기 시작했는데, 정말이지 내게 꼭 필요한 작가였다.

『위선』이라는 책을 읽다가 이런 문장이 눈에 들어왔다. "범인(凡人)은 선에도 악에도 무심하다." 순간 나는 눈이 번쩍 뜨였다.

나는 수업에 들어가려고 뛰었다. 늦었던 것이다. 숨을 헐떡이며 대강의실로 뛰어들어갔다. 교수는 아직 오지 않았다. 그 틈을 이용해 크리스타가 교수 자리로 가서 뭔가를 얘기하고 있었다.

나는 계단식 좌석 꼭대기에 있는 내 자리를 향해 올라갔다. 막 앉으려는 순간 내가 들어서고부터 교실이 조용해졌다는 사실을 깨달았다. 내가 들어섰을 때 크리스타가 말을 멈춘 것이다.

모든 학생이 나를 돌아다보았다. 앙테크리스타가 그들에게 어떤 중대한 얘기를 하고 있었는지 알 것 같았다. 이처럼 뻔뻔스런 악에 가만히 있을 수는 없었다.

생각해볼 것도 없었다. 나는 일어나서 막 올라온 계단을 다시 내려갔다. 웃음이 날 정도로 자신감에 차서 나는 크리스타를 향해 침착하게 걸어갔다.

그녀는 웃고 있었다. 내 인내심을 꺾었다고 믿고서. 드디어 내가 자신이 바라는 행동을 하겠구나 하고서. 그녀에게 욕설을 퍼붓고, 맞서서 따귀를 때리면 마침내 그녀에게 영광의 시간이 도래하리라. 그녀는 나를 기다리고 있었다.

나는 양손으로 그녀의 얼굴을 감싸고 그녀 입술에 내 입술을 포갰다. 르노, 알랭, 마르크, 피에르, 티에리, 디디에, 미구엘 등등의 남자애들이 채워주지 못한 결핍을 이용해서, 나는 배운 적 없지만 문득 터득하게 된 행위를 즉석에서 해보였다. 인류가 고안해낸 것 가운데 가장 불합리하고 가장 무익하며, 그 무엇보다 당혹스럽고도 아름다운 행위, 영화 속 키스를 말이다.

아무런 저항도 없었다. 깜짝선물의 효과를 기막히게 본 것이다. 예기치 못한 일이었기에 그 효과는 더욱 컸다. 이 키스의 권위에 힘입어 나는 발톱을 감출 수 있었다.

그렇게 한참 동안 내 식의 사유법을 그녀에게 보여준 뒤 나는 그녀를 밀쳐버리고 대강당을 향해 돌아섰다. 모두가 아연실색해서 웃고 있었다. 압도적인 승리를 거둔 나는 무수한 멍청이들에게 낭랑한 목소리로 물었다.

"다른 지원자 있어요?"

내 활의 사정거리는 무한했다. 나는 뛰어난 창병 같았다. 80개의 미늘창을 쥐고 모두를 찌르기만 하면 되었다. 하지만 무한한 관대함으로 나는 그들을 거만하게 째려보고, 무시할 만한 몇몇 인간들은 눈길 한 번으로 가차없이 처단한 뒤 강의실을 떠났다. 내 뒤로 무너져내리는 가련한 제물을 남겨둔 채 말이다.

이는 부활절 방학 전날에 있었던 일이다.

크리스타는 가족 곁으로 돌아갔다. 그녀가 말므디에서 십자가에 못박힌 모습을 상상하니 즐거웠다. 마침 부활절이라 해본 상상이었다. 부모님과 나는 더 이상 욕설 섞인 편지를 받지 않았다.

두 주 후, 수업이 다시 시작되었다. 학교에서는 더 이상 크리스타의 모습을 찾아볼 수 없었다. 아무도 내게 그녀의 소식을 묻지 않았다. 마치 그녀는 존재한 적이 없었던 것만 같았다.

나는 여전히 열여섯 살이었고, 여전히 처녀였다. 하지만 내 지위는 완전히 달라졌다. 키스로 명성을 얻은 나를 사람들은 존중했다.

시간이 흘렀다. 6월 시험에 나는 통과하지 못했다. 마음이 딴 곳에 가 있었던 것이다. 부모님은 여행을 떠났다. 물론, 9월 시험에는 실패하지 않는 것이 좋을 거라는 경고를 남기고 떠났다.

나는 혼자 아파트에 남아 있었다. 너무도 오랜만이라 혼자만의 시간을 만끽하고 있었다. 지루한 수업도 없는 꿈 같은 휴가였다.

이상한 여름이었다. 브뤼셀의 더위는 우스꽝스럽게 추했다. 나는 덧문을 꽁꽁 닫아걸었다. 어둠과 침묵 속에 빠져들었다. 식물이 되다시피 했다.

곧 밤에도 대낮처럼 사는 데 익숙해졌다. 나는 불을 켜지 않았다. 블라인드를 통해 들어오는 희미한 불빛만으로도 충분했다.

나는 하루종일 미약한 햇빛이 강해졌다 약해지는 리듬밖에 알지 못했다. 바깥에는 코빼기도 내밀지 않았다. 두 달간의 유형기간 동안 비축된 음식만으로 버텨보겠다는 당치않은 내기를 나 자신에게 걸고 있었다. 신선한 음식의 결핍이 내 얼굴색을 악화시켰다.

공부에는 눈곱만큼도 관심이 없었다. 그저 자존심 때문에 시험에 통과할 생각이었고, 그러고 나면 진로를 바꾸리라 마음먹었다. 여러 가지 운명을 상상해 보았다. 장의사, 자기 감지사, 미늘창 판매상, 꽃집 주인, 대리석 가공업자, 양궁 교사, 난로공, 우산 수리공, 위로 방송을 하는 사람, 하녀, 관용을 밀거래하는 상인.

전화 한 통 울리지 않았다. 부모님 빼고 내게 전화할 사람이 누가 있겠는가? 부모님은 무심한 강물을 따라 내려가고 있거나, 치마를 걸친 스코틀랜드 남자들 사진을 찍거나, 피라미드 위에서 40세기를 내려다보고 있거나, 마지막 남은 식인종인 어느 파푸 가족과 함께 식사를 하고 있을 것이다. 그밖의 또 어떤 이국 정서에 열광하고 있을지 나는 알지 못했다.

8월 13일, 나는 열일곱 살이 되었다. 여전히 전화는 울리지 않았다. 놀라울 게 하나도 없었다. 피서객들은 생일 같은 건 챙기지 않는 법이다.

새로 나이를 먹었다고 해서 특별히 심각할 일도 없었으므로 나는 아침 시간을 정신이 몽롱한 상태에서 허비했다. 그러는 동안 정치경제학 수업을 복습했다(사실 나는 내 의식이 빠져드는 나락을 짐작도 못했다).

오후 나절, 불현듯 육체를 보고 싶다는 강렬한 욕구가 느껴졌다. 그런데 내가 마음대로 할 수 있는 육체는 하나뿐이었다.

나는 유령처럼 일어섰다. 그리고는 문 안쪽에 큰 거울이 달린 옷장을 열었다. 거울 속에는 헐렁한 흰색 셔츠를 걸친 허연 배추가 서 있었다.

여전히 육체를 볼 수 없었으므로 나는 옷을 벗었다. 그리고 바라보았다.

실망이었다. 기적은 일어나지 않았다. 거울 속에 비친 알몸은 사랑을 불러일으킬 것 같지 않았다. 철학적 사변을 통해 나는 적당히 타협했다. 내가 날 사랑하는 데 익숙하지 않아서 그래. 그리고 아직은 내게도 '그런 일이' 닥칠 수 있어. 시간이 있다구.

바로 그때, 나는 거울 속에서 끔찍한 일을 목도했다.

죽은 내가 산 나를 붙드는 게 보였다.

십자가형이라도 받는 것처럼 내 팔이 수평으로 들어올려지더니 팔꿈치가 반듯하게 꺾였고, 기도라도 하듯 두 손바닥이 맞닿는 게 보였다.

손가락들이 판크라티온(레슬링과 권투를 합친 고대 그리스

격투기 : 옮긴이)이라도 하듯 서로 깍지를 끼는 게 보였고, 내 어깨가 활처럼 휘어지는 게 보였다. 그 때문에 흉곽이 일그러지는 게 보였고, 더 이상 내 것이 아닌 육체가 수치심에 사로잡힌 채 앙테크리스타가 처방한 마사지를 시작하는 게 보였다.

이렇게, 그녀의 뜻은 이루어졌다. 내 뜻이 아니라.

매혹적인 적

  아멜리 노통브의 소설에는 어김없이 '적'이라 부를 만
한 성가신 타인이 등장한다. 대개 그 '적'은 지긋지긋할
정도로 성가신 침입자나 섬뜩할 정도로 잔인한 가학자의
모습을 하고 있으며, 희생자를 모욕하고 끈질기게 물고 늘
어지면서 서서히 숨통을 조인다. 죽음을 앞둔 대문호가 인
터뷰하러 방문한 네 명의 기자를 촌철살인의 언변으로 차
례차례 '죽여' 내보내기도 하고(『살인자의 건강법』), 냉혹
하고 잔인한 여섯 살 꼬마 여자아이가 천식을 앓는 친구를
호흡곤란으로 쓰러질 때까지 운동장을 돌게 하기도 하고
(『사랑의 파괴』), 전원생활을 꿈꾸며 한적한 시골에 정착
한 노부부에게 오후 4시만 되면 어김없이 불청객이 찾아와
별 말이 없는 거북한 두 시간을 채우고 감으로써 집주인들
의 낙원을 지옥으로 만들어놓기도 한다(『오후 네 시』). 또
한, 자전적 소설 『두려움과 떨림』에서는 잔혹할 정도로 악
의에 찬 한 일본 여성이 등장하여, 일본 기업에 취직한 작

가에게 자살 충동을 느낄 만큼 극도로 비인간적인 모욕을 가하기도 한다.

그리고 때로 이 '적'은 내부에서 출현하기도 한다. 공항 대기실에서 연착된 비행기를 기다리는 사람에게 문득 다가와 말을 걸더니 도무지 놓아주지 않는 성가신 인물이 있다. 자신이 범한 강간과 살인까지 털어놓는 그 인물은 알고 보니 이 성가신 타인에게 붙잡혀 꼼짝없이 얘기를 들을 수밖에 없게 된 바로 그 희생자의 또 다른 자아에 다름 아니다(『적의 화장법』). 그밖에 다른 작품들에서도 이 '적'의 존재는 비록 비중이 적을지언정 빠짐없이 등장하고 있다. 물에 빠진 어린 아이를 웃으며 지켜보고만 있는 잔인한 보모로(『이토록 아름다운 세 살』), 혹은 발레리나의 꿈을 접게 된 양딸에게 혐오감을 드러내며 박해하는 어머니로 말이다(『로베르 인명사전』).

이렇듯, 적과 희생자, 박해와 고난은 아멜리 노통브의 소설에 끈질기게 등장하는 테마로서, 이 소설 『앙테크리스타』의 주 테마 역시 바로 그것이다. 이 작품에서도 어김없이 두 인물이 악의에 찬 적과 박해받는 희생자로 대립하고 있다. 크리스타와 블랑슈가 그들이다. 열여섯 살이라는 나이가 유일한 공통점일 뿐, 두 인물은 모든 점에서 상반된다. 블랑슈는 사람들 눈에 띄지 않는 외모에 친구라곤 가져본 적 없는 외톨이인 반면, 크리스타는 자신감 넘치고 아름다운 외모로 사람들의 시선을 사로잡는 매혹적인 인물이다. 크리스타는 아멜리 노통브의 전작들에서 찾아볼 수 있는 '매혹적인 적'의 계보를 잇고 있다. 『사랑의 파괴』의 엘레나와 『두려움과 떨림』의 후부키 모리, 『이토록 아름다운 세 살』의 카시마상이 그렇듯, 크리스타 역시 눈부시게 아름답다. 이름처럼 그녀는 그리스도(Christ)의 얼굴을 하고 있으나, 참모습은 '그리스도의 적(Antéchrist)'이다. 블랑슈 역시 작가의 전작들에 등장한 희생자들의 모습과 중첩된다. 노통브의 작품 속 희생자들은 대개 여성으로서 성적 발육이 시작되지 않은(혹은 성장을 일부러 거부한) 모습을 하고 있다. 특히 『사랑의 파괴』, 『살인자의 건강법』, 『로베르 인명사전』에서는 여성의 성징이 나타나기 이전 상태인 소녀의 중성적 몸에 대한 강박적 집착을 읽을 수 있는데,

"완벽한 것은 오직 소녀들뿐이었다. 소녀들의 육체에는 그 어떤 오점도, 괴상망측한 물건도, 우스꽝스러운 융기도 없었다. 소녀들은 멋진 모습으로 만들어졌고, 그들의 몸에는 아무것도 거슬리는 것이 없었다. ……육체에 뭔가 거슬리는 것이 나타나기 시작하면, 다시 말해서 육체가 그 주인을 거북하게 만들기 시작하면 볼장 다 본 셈이었다."

(『사랑의 파괴』, p.95)

이러한 유년기 집착은 사춘기로 접어들기 이전의 소녀를 "성별을 초월한 경이로운 존재"로 여기고, 여성이 된다는 것을 "신화적인 삶에서 호르몬적인 삶으로, 영원한 삶에서 순환적 삶으로"(『살인자의 건강법』) 넘어가는 것으로 간주하기 때문인 것으로 보인다. 이 소설의 주인공 블랑슈 역시 이와 같은 강박적 집착이 탄생시킨 인물이라 할 수 있다. 희고 비쩍 마른 중성적 몸을 한 그녀의 이미지에는 『로베르 인명사전』의 발레리나 플렉트뤼드, 『사랑의 파괴』의 아멜리, 그리고 『살인자의 건강법』의 레오폴딘의 이미지가 중첩되고 있는 것이다. 레오폴딘과 블랑슈의 생일이 8월 13일로 일치하는 것도 흥미로운 사실이다.

작가의 '매혹적인 적'들은 한눈에 희생자를 사로잡고 압제적인 폭군으로 군림한다. 엘레나와 후부키 모리의 눈부신 외모가 작가를(둘 다 자전적 소설이므로) 사로잡았듯이, 크리스타는 먹이감(블랑슈)의 눈길을 단숨에 사로잡고 점차 그녀의 영역을 침범해 들어온다. 그녀의 침대를 침범하고, 그녀의 방을 차지하고, 그녀 부모의 마음을 빼앗고, 그녀의 즐거움과 고독까지 앗아간다. 그녀의 영혼까지 잠식해 들어가 그녀의 삶을 지옥으로 만들어 놓는다. 적의 손에 걸려든 희생자들은 속수무책으로 당할 수밖에 없다. 그들이 적으로부터 벗어날 길은 살인을 하거나 자살을 하는 수밖에 없다. 대개의 경우 희생자는 가해자로 돌변한다. 『살인자의 건강법』에서 가학자 프레텍스타 타슈는 다섯번째 여기자의 손에 목이 졸려 죽고, 『적의 화장법』의 희생자 제롬 앙귀스트 역시 결국 성가신 내면의 적 텍스토르 텍셀의 머리통을 벽에다 짓이기며, 『오후 네 시』의 에밀 역시 성가신 이웃 베르나르뎅을 죽이고 만다. 『앙테크리스타』에서 블랑슈로부터 보기 좋게 모욕당한 뒤 크리스타가 종적 없이 사라지는 것도 상징적 죽음으로 간주할 수 있겠다. 블랑슈의 머릿속에서 크리스타는 십자가에 못박힌 모습으로 그려지며, 마치 "존재한 적이 없었던 것처럼" 두 번 다시 그녀의 모습을 찾아볼 수 없게 되기 때문이다.

한데 아멜리 노통브는 대체 왜 이렇게 '적'이라는 존재에 집착하는 걸까? 그의 대부분의 작품들의 밑바탕을 이루고 있는 이 '두 인물의 대립' 혹은 '적과의 대적'이라는 구도는 단순히 '선과 악의 대립'으로 보이지 않으며, 적이라는 존재 또한 '절대적 악'을 의미하는 것으로 여겨지지 않는다. 이 '적'의 존재와 관련하여 작가는 매우 흥미로운 얘기를 하고 있다. 어느 인터뷰에서 그는 열두 살 때 자기 안에 "창조적임과 동시에 파괴적인 엄청난 적"이 탄생했으며, 그에게 글쓰기란 곧 이 "적과의 결투"라고 밝힌 바 있다. 작가의 내면에 도사리고 있는 이 '적' 이야말로 글쓰기의 원동력이라는 얘기다. 작품 속에서는 한결 더 흥미로운 언급들을 찾아볼 수 있는데, 『적의 화장법』에서 텍스토르 텍셀은 자신이 "머리 위에 군림하는 은혜로운 독재자(신)"의 덕에 살고 있는 것이 아니라 "자신의 뱃속에 웅크린 적의에 찬 폭군의 힘"으로 살고 있음을 깨달았다고 말하며, 『사랑의 파괴』에서 작가는 한 술 더 떠서 적이야말로 권태롭고 무의미한 삶으로부터 우리를 구원하는 구세주라 말하고 있다.

"적을 갖지 못한 인간은 보잘것없는 존재다. 적이 없는 삶은 허무와 권태의 구렁텅이, 가혹한 시련이 아니겠는가? 적이야말로 구세주다." (p.19)

죽이고 싶도록 신경을 거스르는 성가신 존재가 구세주? 그러고 보면 아멜리 노통브의 희생자들은 대개 고난을 겪고 나서 완전히 변화된 모습을 보인다. 『살인자의 건강법』에서 격분하기 시작한 여기자에게 프레텍스타는 그녀가 이제야 비로소 "막 살기 시작한" 거라고 말한다. 여기자 또한 살인을 하고 나서 "영감님 말씀이 옳았어요. 목 졸라 죽이는 건 정말 기분 좋은 일이군요."라고 말함으로써 달라진 모습을 드러낸다. 『오후 네 시』의 에밀 역시 혐오스럽고 성가신 이웃을 죽이고 나서 자신이 예전과 달라졌음을 깨닫는다("나는 내가 어떤 인간인지 더 이상 알지 못한다"). 『앙테크리스타』의 희생자 블랑슈 또한 적과의 대적 끝에야 변화된 자신의 모습을 본다. 자신이 '존재하지 않는다'는 사실로("나는 한번도 존재한 적이 없었다."라고 그녀는 말한다) 괴로워하던 그녀가 크리스타로 인해 십자가의 길을 걷고 나서야 '존재'하게 된다. 외면적으로는 여전히 열여섯 살이요 여전히 처녀였기에 달라진 게 없었으나, 학교에서 그녀를 대하는 사람들의 태도가 달라지고 스스로 자신을 바라보는 시각도 달라진다. 그 누구의 눈에도 보이지 않던 그녀가 마침내 '보이게' 되는 것이다.

그렇다면 아멜리 노통브의 '적'은 희생자를 죽음으로 몰아가는 파괴적이기만 한 존재가 아니라 작가의 말처럼 "음울한 삶을 웅장한 서사시로 만들어주는"(『사랑의 파괴』) 존재란 말인가? 프레텍스타 타슈는 변해가는 여기자를 보고 그녀가 자기 눈앞에서 "부활"하고 있다고 감탄한다("부활이란 사후에나 일어나는 현상인 줄 알았소. 그런데 내가 살아서 두 눈을 뜨고 지켜보는 가운데 당신이 내가 되어가다니!"). 적이란 분명 지옥 같은 고난을 안겨주는 존재이지만, 이 고난이야말로 희생자에게 새로운 탄생의 기회가 될 수도 있다는 생의 패러독스. 작가는 "망각이야말로 진정한 죽음"이라고도 말한다. 박해받고 고통받는 자는 결코 '망각'될 수 없지 않겠는가? 따라서 나를 집요하게 박해하는 적이야말로 '망각'으로부터, '죽은 삶'으로부터 나를 구원해주는 존재에 다름 아니다. 아멜리 노통브에게 적이 없는 삶이란 권태요 무의미와 동의어이며, 그래서 그는 적과 화해 없는 공존을 해야 한다고 강조한다.

"적과 화해한다면 더 이상 적이 될 수 없지 않은가? 더 이상 적이 없다면, 또 다른 적을 찾아야 한다. 모든 것을 다시 시작해야 하는 것이다."(『사랑의 파괴』)

작가의 내면 깊은 곳에서 집요하게 그의 신경을 건드리고 그의 상상력을 자극하는 이 '적'의 존재. 그에게는 "이 세상에서 없어서 안 될 것"이 바로 이 '적'인 것이다.

해마다 가을이면 어김없이 새 작품을 출산해내는 그다. 올 가을에는 또 어떤 형태의 적을 만나게 될지 궁금하다.

2004년 여름 끝 무렵

백　선　회